小鬼靈精

幽靈巧克力

王力芹 著

總序／小鬼靈精・魔神仔

小時候，我的床邊故事來自爸爸口中，爸爸信手拈來就是一則則故事，包含了虎姑婆、包拯夜審烏盆、周成過臺灣……等等。臨睡前爸爸總把故事說得繪聲繪影，我每每都感覺自己就在每一則故事情境裡，寒毛直豎的同時，彷彿背後正悄悄貼近了小鬼、精靈或魔神仔。

我家姊妹眾多，童年時候玩起覕相揣（捉迷藏），在日式住宅的榻榻米房間穿梭，為免被當鬼的那人捉到，都是盡自己所能的不發出一丁點聲音，但在躡手躡腳躲藏過程中，往往又會很不小心的撞見了媽媽，那個當下，媽媽因為被我們這幾個玩性正濃的小鬼驚嚇到，本能的就出口叨唸我們：「恁魔神仔啊，毋出聲，欲驚死人矣。」（你們魔神仔啊，不出聲音，要嚇死人啊！）

我們幾個被叨念的魔神仔，大多時候是吐吐舌尷尬笑笑，很快就飄出媽媽的視線，

繼續躲在押入（壁櫥作用）、俯趴在和式桌底下，避免被數完數轉身要抓人的鬼發現。有時來不及隱身到大型家具後側，還會異想天開的緊貼著牆角的邊緣，以為這樣就可以和牆面貼合一起，真成了幽靈界的一員。

魔神仔於是成了小時候家裡的一個特殊有趣語彙，童年的我絲毫不清楚魔神仔的真實意義，以為是我們垂髫姊妹的同義詞。直到另一個語詞「揖壁鬼」又進入我們家庭，而我也增加了年歲，明瞭了魔神仔和揖壁鬼都是代表已經死亡，不具形體，只有靈識的物類。可我們在家裡彼此說著魔神仔、揖壁鬼，總是趣味橫生、笑聲迭起，絲毫不覺得恐怖陰森，也不會感到害怕。

爸爸不是說唱藝術者，可故事說得可生動了，幼時雖在驚惶中蜷縮小小身軀聽著故事，但也因此在聽故事當中學得鎮定並種下善念。不同於爸爸以故事啟迪子女心性的作法，媽媽最常口述她經歷二次世界大戰期間，躲空襲的過程裡親見鬼魂的種種，媽媽言之鑿鑿之際，我等姊弟冷不防就覺得似乎真有魔神仔貼在身後，然後慌慌張張、尖聲驚叫時而有之，爸爸總是笑看我們這幾個失序小鬼。媽媽則是諄諄告誡，首先自己內在得有堅強意志，其次對鬼魂不小覷不戲謔不要作弄，真遇上了就莫驚莫慌莫害怕，甚且可鼓足勇氣直面喝斥，那精怪那靈魂那魔神自是不敵豐足人氣正念，必會收攝斂住，也就不敢捉弄戲謔我們了。

童年的記憶既真實又深刻，爸爸雖會表明他說的是故事，但故事聽多聽久，也成了生活事。而媽媽的生活事聽著雖如故事，也因為聽久聽多了那慷慨激昂語調，想當然耳的當成故事情節欣賞，並以之自我抵勵。

而我，經歷了少年青年壯年，再到後中年，多年來對於鬼靈寧信其有，人鬼平行世界共存，兩方和平共處，在各自生存的時間流動，各自安身空間裡生存，相安無事、相互尊重、彼此祝福，不也很好嗎？

時光流轉歲月轉次，我的爸媽都已仙逝，但我總感覺他們的靈仍在、魂仍在，或許是在子孫輩無法觸及的時空，又或許他們已輾轉再入人間，成了後輩新生的某一員，這樣的輪迴牽連，我深信存在的。

如此的靈我相處，可以是一樁美事，何必冠以妖異鬼怪？

數百年來，在臺灣島上定居的人們，無論是哪一個年代從哪一個地方遷徙而來，來到這座四周環海，島上有起伏連綿高山、深邃茂密森林、或大或小湖泊，隱藏了許多人們所不知的地理與水文。落地生根的住民需要面對的自然與環境的挑戰在所難免，颱風、水患、山崩、地裂等考驗不時翻滾而來，狂風暴雨走山地震種種自然魔手，夾帶著鬼哭神嚎妖喊怪叫，一再煎熬著失神無助的人們心靈，於是自然而然衍生出一套自我解釋的說法，一種自我撫慰的作法，一份自我安定的力量，方能在且驚且顫且凝神中繼續生活。

因此，沉潛於山於海於湖的恐怖傳說，或妖或鬼或怪的隨行生活，甚至人命歸陰後流連徘徊的說法不脛而走。隨著時光流轉，因著島內各族群的天性與不同的文化底蘊，總有一則又一則內容豐富，形貌各異的精靈鬼怪口傳故事，經由一代一代的口述轉傳，逐漸與臺灣本島多樣的地形地貌及在地文化緊密結合，如此而演繹再演繹了妖鬼奇譚，增添了幾許玄奇神妙。

近幾年來，臺灣文學界湧動了一股探奇搜妖風潮，妖怪文學逐漸有了一席之地，從學術從創作從動漫等各個角度切入，遂不難發現無論是妖是怪是鬼，自來便都在島嶼的某一個時空靈動著，否則怎有老者無故走失若干日子，被找到時回應恍惚間走入不熟悉之地，或飲山泉或食野菜或聽指引而安然，人人皆說是被魔神仔引著，去經歷了一趟常人難以理解的怪奇之旅。除了魔神仔的繪聲繪影，亡靈託夢之說亦常被提起，夢示之靈驗常令人嘖嘖稱奇，此間靈異玄妙若不是精魂的觸動連結，又如何說得清呢？

對於妖對於怪我恭敬承讓，但對於鬼對於靈，我則喜歡小鬼孩善精靈，生活中偶也有難以言說的奇特經驗，更加深我喜愛小鬼靈精。曾經路上走著，迎面而來娃娃推車裡的小娃娃，不停的對我擠眉弄眼，好似我們曾在過去哪一世便相交了；又有餐館裡用餐，鄰座約一歲左右的小孩，不時拉我一下，再喃喃說著幾句，彷彿前生裡我們便相識。這樣的經歷多了，對於彼此深緣的說法更深信不疑。

宋朝文豪蘇軾為唐朝李源和圓澤法師寫了一篇傳記，其中有一首詩是：

三生石上舊精魂，賞月吟風不要論；
慚愧情人遠相訪，此身雖異性長存。

三生指的是前世、今生和來生，相逢的機遇雖難得，但還是有可能相聚一起。

雖然我生活在魔幻鯤島，數十年來聽過的鬼怪傳說，讀過的妖怪文學作品，看過的靈異電影，不在少數，但我始終相信一念善，能引發蝴蝶效應，能將善的種子播在人界靈界鬼魂界，好讓惡靈惡念無所遁逃。

小孩都愛聽故事，現在我會說故事給小孫女聽，我要讓小孫女聽故事聽到哈哈笑，我仍然會說虎姑婆的故事，但我說Q版唱Q版的虎姑婆，我還要說小鬼靈精和魔神仔的故事，不世出的，您也來看看吧！

目次

總序／小鬼靈精・魔神仔 003

上卷 巧克力 010

1 多出來的巧克力 012

2 我不要當姊姊 033

3 真的跟來了嗎 056

4 雞飛狗跳的日子 077

5 一場惡作劇 097

下卷　小精靈

下卷　小精靈　118
1　愛上這個家　120
2　編一場美夢　140
3　華麗初相見　158
4　衷心希望　173
5　五子登科了　189
尾聲　小弟弟　205
後記／享受與靈同在　208

上卷　巧克力

「爸，你回來要幫我買『綽科拉』喔。」

「買什麼啊？」

「Chocolate啦！」

「巧克力就巧克力，說什麼『綽科拉』，耍酷！」

「那是妳沒知識沒常識，巧克力在清朝時叫『綽科拉』，還是康熙說的呢！」

對於羅莉這一說，羅蔓實在不敢反駁，羅莉向來博學多聞，沒把握的事她可不會信口開河。何況爸爸都已經一張嘴咧成一條線，從右耳掛到左耳，爸爸都這麼讚許羅莉了，自己何必多說什麼自討沒趣。

「嗯……這次我要白色的金莎喔。」

「每次都巧克力，無聊。」羅蔓忍不住還是嘟噥了一句。

「要妳管？我就愛吃巧克力，怎樣？」

「誰要管妳了？最好吃成恐龍妹，再加一口爛牙巴。」被挑釁更難忍。

「嘿嘿，那就要讓妳失望了，我是正妹，妳要怎樣？」

「笑死人了，妳這叫正妹？」

「媽……妳看羅蔓啦。」

「看什麼看？看我漂亮啊？」

「欸，妳們兩個一天到晚鬥嘴，不累啊？」媽媽現身了，「小蔓，好了，別再逗小莉了。」

「媽……妳偏心。」

1　多出來的巧克力

窗外的天空逐漸像沾上煙灰似的，一點一點的由白變灰，速度之快，才一個低頭想個事情，再抬起頭來，天空彷彿媽媽練習水墨畫一筆掃開沾滿水的毛筆。

羅蔓快反應不過來了，天暗得這麼快，還漸漸滴答了起來，慈倩的外婆會不會更容易想起小茲青？

小茲青那麼可愛那麼惹人疼，羅蔓雖然見過的次數不多，但那一口「臭乳呆」的臺灣國語，總引得滿屋子笑聲不斷。可老天為什麼這麼殘忍？也不考慮慈倩外婆的心情，小茲青是養在外婆家的孩子，就那麼在外婆忙著煮晚餐的時間，鬼使神差的晃出家門，宛如被什麼精靈引著一般的直向屋前大埤塘而去，等到外婆回過神沒見著小茲青，發狂似的在住家方圓幾條小徑來來回回尋找，見到路過的村人就問：「你們看見我小外孫沒？」「沒看見。」一個個否定答案，把慈倩外婆的心直往黑暗裡推。

羅蔓忍不住想著，那一晚慈倩外婆急著找小茲青的瘋狂模樣，再想到隔天清晨村民發現已經沒了氣息的小茲青浮在埤塘，向慈倩外婆報信時外婆的傷心欲絕，那會是把心都掏空了吧！

昨天是小茲青火化晉塔的日子，慈倩請假沒上學。

今天，慈倩帶著一雙紅腫眼睛，和小茲青喜愛的巧克力來學校。

范慈倩吃金莎巧克力，想弟弟。

羅蔓也想小茲青，可她不愛吃巧克力，她把巧克力放進書包。

回家後羅蔓的心情還是很沉重，回房前回頭撇見剛上樓的羅莉那張不可一世的臉，忽然心口那股悶了一天的氣尋到了出口，她只需要等待時機消散。

羅蔓不時從房間探頭偷偷窺探羅莉，好不容易看見羅莉上洗手間，她快手快腳進了對門羅莉房間，又很快飄了出來。

羅蔓回到自己房間，看著窗外賊賊笑著，倒不是因為天空多潑下了一些墨。

「媽——」

寂靜中平地響起一串尖聲驚叫，由三樓直勾勾墜落到一樓廚房。

何碧蘭正忙著打蛋，好在晚餐桌上展現她的拿手好菜——蝦仁烘蛋，可卻被這突如其來的連聲慘叫，給震破了膽，震慌了心神，也震落了她手上的碗，那黃澄澄的蛋汁，全攤在地板上了。

剎那間慌了手腳的何碧蘭看著地上那一攤蛋汁，心裡溜轉過的是，完了，完了，今晚的蝦仁烘蛋，怎麼辦？

何碧蘭完全沒辦法集中精神思考晚餐的菜色，因為拔尖淒厲的喊聲「媽——」還在延續著。

何碧蘭如何捨得下孩子？

蛋散了，可以再打，反正冰箱裡還有。

地髒了，待會兒再擦，放著沒人會偷擦。

但孩子要緊啊，孩子若有個什麼閃失的，以自己這已過四十的年紀怕是生不出來了，何碧蘭腦中忽的閃過這樣一念。

欸？不對，人家臺灣第一名模不是兩年多前臉書報喜生了孩子，歐洲也還有六十幾歲的真正高齡孕婦呢！

四十算什麼？

可何碧蘭也沒空想這些有的沒的，樓上往下直灌的拉長慘叫「媽——」還不停傳來，她不趕快上樓去看看，指不定會有社區好心人士，以為這一家發生家暴，搶著報警來處理。

從拔高聲音聽來不需多想，何碧蘭便知是她那個喜歡小題大作的長女羅莉，八成又是蟑螂爬上桌和她對看，或是壁虎對著她哼唱了兩聲，舉凡這類雞毛蒜皮小事，在羅莉眼裡等同於有七、八個莽漢把刀架在她頸子上一般。

總之，何碧蘭是不能拖延時間不上去的，羅莉完全不會設身處地站在她的角度，設想當媽媽的她在這個薄暮時分有多少事要忙。

多少年來，只要羅莉發出訊息，不管訊息大小，當媽的她就得立刻出現羅莉眼前。習慣一旦養成，便也只能任由她了。

何碧蘭以最快的速度直奔三樓，這一衝把自己搞得氣喘吁吁，連帶就怪起建設公司了。

建設公司沒事把一棟透天厝蓋成這樣做什麼？美感在哪裡？

一樓客餐廳，二樓主臥室，三樓則是前後各一間小孩房間，再上去一間神明廳和一個大露臺，這明擺著要讓壞人從四樓下三樓抱了孩子就跑嘛！

誰家真會以為弄個神明廳安個神位，就能消災解厄，平安健康、萬事如意。

哪有那麼好的事？

初一、十五幾粒桃李鳳梨的供奉觀音大士或媽祖娘娘，祂就會保佑你家事業鴻圖大展、囡仔大小平安，讀書的拿第一，年紀大的呷百二？

那像咱們家不弄神明廳，是不是就沒得被保佑？真會闖進什麼「魔神仔」嗎？

什麼鬼設計？何碧蘭邊爬樓梯邊埋怨。

當初她主張房子別買透天的，這樣不安全，買戶大樓就好，整個家在同一平面，有什麼事，出了房門眼睛一溜全部看進眼裡，安全又方便。還不都是一家之主羅軒疆，硬是說透天厝增值快，堅持買這種她不喜歡的建築。

還喘著氣的何碧蘭根本無暇好好喘口氣，羅莉等不及就蹦出房間，拉著她的手，顫抖說著：「媽～～這屋～～裡～～有魔神仔～～～」

「魔神仔～～在～～哪～～裡？」當媽的自己也發毛，就算何碧蘭自己也害怕靈異鬼怪，可她是媽媽，人說為母則強，說什麼她都得故作鎮定。「妳別亂說，魔神仔個頭啦。」

「真的啦，媽。」羅莉驚魂未定的慌著一張臉。

「妳看到了什麼？這大白天的……」自己也說得心虛，明明天色已暗了。

「這個。」羅莉指著被她拋在桌上皺了皮似的白色金莎。

何碧蘭一看桌子上都是金莎上面的細粉，顯然是羅莉用力甩到桌上時散出來的。原來那好不美麗晶晶亮亮的銀白色金莎，現在一個個歪著身子倒像寒風中縮著頸咬著牙打顫的可憐小子。

就這個當下，何碧蘭腦中閃過一個想法。嗯，現在血醣正是下降時候，來顆巧克力也不錯的。

何碧蘭一個箭步上前拿起銀白金莎，迅速解開包裝紙，就往嘴裡一塞。

嗯，從沒吃過這麼香濃滑嫩的巧克力。

「這巧克力真好吃，哪來的？」一副滿足神情。

「爸爸去香港買回來的啊！」羅莉眼神填滿不可思議，媽媽竟然吃下那顆巧克力！

「呃？妳這什麼表情？我吃妳一顆金莎不行嗎？」

何碧蘭剛嚥下那顆甜滋滋的巧克力，陶然中張了眼，便看見羅莉那張臉，臉上鑲嵌了兩顆驚恐無比的眼睛，活像見到魔神仔似的。

「不是啦，媽，就是那顆巧克力有靈異，妳還吃它？」

「嘔……嘔……」何碧蘭怪著羅莉不早說，此刻她嘔了半天也吐不出什麼來了。嘔了半天，還是滿嘴巧克力香氣。

「妳～～怎～～麼～～不～～早～～講？」何碧蘭的聲音跳著舞。

「我剛剛不是說這屋裡有魔神仔。」

「可是妳沒說巧克力有靈異。」

「我都還沒說完，誰教妳動作那麼快，就把我丟在桌上的巧克力吃下去了。」

「我是怕巧克力引來螞蟻，那很難整理的。」

「媽，魔神仔和螞蟻哪個可怕？」

「當然魔神仔囉？」何碧蘭敲了羅莉一下。

「對啊，那妳不趕快處理魔神仔這問題，還管螞蟻幹什麼？」

「是喔。」何碧蘭想想羅莉說的也對，還是先把精神放在對付魔神仔吧。

可是環顧這屋子，一切如常，連裝潢都是羅莉上小學，開始自己一個人睡這間房的裝潢，到現在羅莉剛進國一，前後不過才七年，保持得也還算不錯。

七年來羅莉吃過的巧克力難以計算，從不曾有過今天這情形，實在教何碧蘭納悶。

「羅莉，怎麼一回事？」

「媽，妳看，爸爸從香港買回來的這盒白色金莎，我剛拆封，才拿一個準備吃，只不過先放在桌上，上了廁所，回來一看，盒子裡居然還是滿的。」羅莉指著桌上的金莎巧克力，「妳看，妳看，盒子裡還是二十四個，一個也不少。」

「欸，對喔，是滿的，二十四個，一個也不少……」何碧蘭跟著瞧了那盒金莎，突然心驚了，「那我吃下去的是什麼？」

「誰知道啊？媽。」

「哎呀媽唷……」

呃？盒子裡怎麼還有二十四顆？那自己吃下肚的巧克力是哪裡來的？

這可怎麼辦啊？鬼使神差的吃下了那顆狀況不明的巧克力，到底會變成什麼樣，青面撩牙？還是尖牙長舌？

光這樣想著，何碧蘭都已經滿身雞皮疙瘩了。

半晌，何碧蘭拍拍自己，捏捏自己，一切如常，沒怎樣。

人還好好的，沒被毒死，也沒被魔神仔摸去。

那……巧克力……怎麼一回事呢？

何碧蘭眼睛盯著羅莉桌上那一盒巧克力，左看右看，看了半天，明明是誘人香甜的金莎，哪裡會有靈異？

呃？血醣好像還是偏低，饞得口水直在嘴巴裡冒泡，真是考驗人性呢。說實話，何碧蘭是很想打開盒蓋再拿一顆來吃，就不信真會怎樣了。但擺在眼前的事實又不得她不信，已經把一顆巧克力吃下肚了，盒裡卻還是完整的二十四顆，真是奇奇奇，怪怪怪。

這……到底是怎麼一回事？

何碧蘭想起還未就緒的晚餐，再想反正魔神仔的事一時半會兒她也弄不來，乾脆就先按下吧。

「算了，我先把這一盒巧克力冰在冷凍，爸回來再讓爸爸處理，我還要趕快忙晚餐的事呢。」

「可是媽……」羅莉還想說。

「啥事？快說。」

「這魔神仔怎麼辦？」

「什麼魔神仔？這是巧克力，我要放進冰箱冷凍啊！」

「媽，這不是巧克力的問題，是魔神仔的問題呢。」

天哪！怎麼這麼複雜，巧克力就巧克力，又不是鬼，真有魔神仔嗎？這種難解的習題，何碧蘭壓根是做不來的。

「不管了，這種難題就留給爸爸處理吧，我只會吃的事。」

說的也是，一進羅莉房裡，說不上幾句，就把羅莉丟棄的巧克力給吞進肚裡去，現在趕著下樓，何碧蘭還是要忙吃的事。

羅莉對面房間的主人是今年升上小四的妹妹羅蔓。

當何碧蘭和羅莉兩母女為了多出的一顆靈異巧克力煩心時，一張賊兮兮的臉就貼在房間門板後面，不時由門縫遮遮掩掩的窺探羅莉房間的動靜，其中還夾帶著幾聲低得不能再低的嘿嘿冷笑。

看著那兩母女驚慌失措的樣子，真是大快人心，爽爆了。

真是沒用的女生，才一顆巧克力而已，就可以嚇成這副屁滾尿流的德性。

羅莉劃破天際的尖叫聲，羅蔓就是能置若罔聞，明明只在她對門，她也不會第一時間跑過去關切。

這不怪嗎？

事實上，羅蔓根本懶得理會大她三歲的羅莉，誰教平常爸媽對羅莉比對她好，羅莉已經得到那麼多關注，不差她羅蔓的關心。而且從剛剛媽媽聽到羅莉那一長串吼叫聲，救火似的一口氣跑上三樓，完全不怕心臟負荷過大，羅蔓看了就有氣。

哼，羅莉是個寶，我就是枝草？

一顆金莎巧克力而已，就搞得媽媽作息大亂。那要是一整盒呢？她不搞得全世界都瘋狂？

哼！被嚇死活該！

懶得理會這對母女，羅蔓早賊笑躺在床上聽音樂了。

何碧蘭從羅莉房裡出來，臨下樓前才突然想起她還有個小女兒羅蔓，房間也在三樓，怎麼羅莉這尖銳鬼叫聲都沒影響到她？平常姊妹倆雖是水火不容，但無論如何今天羅莉總是身陷險境，羅蔓怎會無動於衷？莫不是羅蔓已經被魔神仔抓走了？不然，怎麼她房裡靜悄悄的？

何碧蘭一驚，忙又轉身進了羅蔓房裡瞧瞧。

人未到她這做媽的關切聲音先鑽進房間。

「小蔓，妳在做什麼？」

一推門，只見羅蔓閉目四平八穩的躺在床上，何碧蘭自覺剛才在羅莉房裡那一番互動聲音夠響亮的了，羅蔓怎還是沒有知覺，莫不是斷了氣？

要不，怎麼不回話呢？

何碧蘭這番問話沒得羅蔓回應，心頭更是慌亂，忙不迭衝到床邊，猛力搖晃羅蔓的肩膀，聲音還帶了點哭腔。

「小蔓啊，妳是怎麼了？媽媽在叫妳，妳有沒有聽見？」

「……」羅蔓睜亮雙眼，吵死人了，正在聽音樂，媽媽還來吵人。

「呃？妳沒……」何碧蘭震了一下。

「沒什麼？沒掛了是不是？」

「呸呸呸，小孩子別亂說話。」何碧蘭就算心裡浮過那樣的念頭，嘴裡也不說出來，誰料到羅蔓口無遮攔的就嗆了出來。

「媽，妳靠那麼近，是要嚇死人啊？」

「我才被妳嚇死呢，喊妳也不回應。」

「妳沒看見人家在聽ＭＰ３喔？」小小的ＭＰ３東西被長髮遮住了。

「魔神仔才看得見那被遮住的小東西咧？」

何碧蘭在羅蔓將長髮撥到耳後時，看見了那個ＭＰ３，可回頭一想，嘎？剛剛那句話……不就把自己說成了……魔神仔？

何碧蘭吐吐舌，抖抖身體，好像這樣就可以證明自己是人，不是魔神仔。

羅蔓說著坐起身來，拔下塞在耳朵的耳機。

「剛剛……羅莉在她房裡鬼叫，妳都沒聽見？」何碧蘭問。

「她哪一天不鬼叫？」羅蔓沒好氣的說，還瞥一眼站在她房門口幽靈一般的羅莉。

「妳怎麼可以這麼說，羅莉是妳的姊姊呢，她天生膽小嘛。」

「她天生膽小？我就天生大膽。」

羅蔓語氣裡滿滿的不平衡，神經大條的何碧蘭完全沒嗅出，還是一個勁的說羅莉尖聲驚叫的事。

「妳到底有沒有聽到羅莉剛才那連聲慘叫？」

「沒有。」羅蔓沒好氣的說，心裡其實正笑著。

「真的沒有？」真是白目媽媽，還問。

「沒有，沒有，就是沒有，真煩咧。」火氣越來越大了。

咦？這就怪了，羅蔓房間就在羅莉對門，羅莉那種比殺豬更駭人的尖叫聲，羅蔓會沒聽到？莫不是真有靈異了？何碧蘭比較關心的是這個。

「媽，妳不是要煮飯？」

「噢……」

還是民生問題比較重要，趕快下樓煮飯去吧！

把那一盒白色金莎塞進冰箱冷凍時，何碧蘭忍不住再多看它一眼，一顆顆包裝正常，而且散放一貫誘人的魅力，到底哪裡出問題了？

怎麼會吃了一顆，它還是完好如初的二十四顆？真是詭異，到底發生了什麼事，怎麼會無端多出一顆巧克力？

算了，現在沒空也沒精神研究它，地上那一灘蝦仁烘蛋的蛋汁，已經呈現半凝固狀態，何碧蘭得更用力擦了。

何碧蘭一邊擦著一邊想著，欸？為了一顆巧克力犧牲四顆蛋，划算嗎？

管它划不划算，晚餐比較重要。

趁著鍋子裡悶著開陽白菜，何碧蘭打開冰箱冷凍，再看一眼那盒教人搞不清楚的金莎巧克力。

會不會明天變成兩盒？

呃？要是真變成兩盒，就真的有魔神仔了。

哎唷，真可怕！

砰的一聲，何碧蘭用力關上冷凍的門。

「怎麼了？冰箱哪裡對不起妳？對它這麼兇！」

回頭一看，男主人回來了。

「喔，老公啊，我跟你說喔……」何碧蘭才要開口說那巧克力的怪異，卻是聞到一陣稍微燒焦的味道，「啊啊啊……慘了，慘了……」

「什麼東西慘了？」

「唉唷，你別在這裡擋路啦，這樣礙手礙腳的，我不好做事。去去去，去客廳等，我的開陽白菜焦了啦。」

何碧蘭以最快速度關了瓦斯，再掀鍋蓋盛起微微焦黃的開陽白菜，自己看了都搖頭，「唉，最擅長的菜居然煮成這樣，都是你害的啦。」

「怎麼又是我了？」

也不過下班回來，進了家門，先到廚房向親愛的老婆大人報告，他什麼事也沒做，菜燒焦了關他什麼事啊？羅軒疆一臉委屈愣愣的沒弄懂。

「什麼時候不好回來，就我在煮拿手菜的時候回來，害我好好的一盤菜煮成焦黃，看誰要吃，等一下就叫你吃掉它。」

末了那一句，何碧蘭是抬起頭來向著客廳講，羅軒疆不用多想，也知道今天晚餐他有一份特殊料理了。

唉！我這是招誰惹誰了？羅軒疆真是委屈。

「媽，煮好了沒？餓死了。」

蹦蹦跳跳下樓來的羅蔓，人未到聲先到，下了樓，看見客廳裡開了電視卻魂魄不在的爸爸。

「爸，你今天比較早回來喔。」

羅蔓一屁股坐下沙發，拿起桌上搖控器，開始切換頻道。

「欸欸，我在看新聞呢。」羅軒疆出聲並要取回搖控器。

「你哪有在看？你根本在發呆。」

現在搖控器是羅蔓抓在手上，掌控的人是她。她一臺一臺切換，羅軒疆還沒弄清楚一個頻道的播放內容，羅蔓就又跳開了。

「妳也有點定性，好好看一臺嘛。」

如果話只講到這裡，也就不會刺傷羅蔓幼小的心靈，是那接下來的一句無心的話，爆發了超強殺傷力，「怎麼都不能像羅莉那樣咧？」

「我是羅蔓，為什麼要像羅莉？你們就只喜歡羅莉，哼！」

羅蔓霍的一聲不預警的又衝回樓上，羅軒疆一臉錯愕，完全沒意識到自己話裡夾帶了炸藥。

「到底怎麼了？羅蔓在耍什麼脾氣？要吃飯了，她還跑上樓去做什麼？」廚房裡的何碧蘭專心煮晚餐，完全沒聽到剛才那一陣暗箭咻咻，反而是羅蔓乒乒乓乓的步伐聲，引動她探出頭來問。

「誰知道？這孩子就是這樣怪。」

「好了，你去叫她們下來吃飯吧。」

羅軒疆屁股才離了沙發，就看見羅莉苦著一張臉下來。

「怎麼了？讀書讀累了是嗎？」

陪著笑臉的爸爸，孩子還不見得領情，羅莉一聲不響拐向餐桌。

「怎麼了？小莉。」

何碧蘭也是低聲下氣，面對家有小國一，父母盡可能擺低姿態。

「羅蔓不曉得發什麼瘋，在她房裡乒乒乓乓的敲個不停，人家怎麼念書嘛！」

「吼，這個小蔓越來越不像話了。」

何碧蘭一把拉下圍裙，拋下一句，「你們先吃。」轉身就上樓了。

煮飯前才上下跑了一趟，現在又來一趟，是運動不夠嗎？何碧蘭上了二樓就已經快喘不過氣了，接下來換成慢慢爬，也慢慢想著，剛剛那一趟是上來幹什麼呀？

哎呀，怎麼想不起來呢？待會兒問問小蔓。

「小蔓啊，媽剛才……」

話還沒問完，推開房門，一看，我的天啊！

「小蔓，妳幹嘛？嫌媽媽太閒，找事讓媽媽做是嗎？」

前一刻才衝上樓的羅蔓，越想越難過。

在爸爸媽媽眼裡，就是羅莉好，羅莉乖，羅莉懂事，羅莉會讀書。她就什麼都不如羅莉，那當初生下她做什麼？

真討厭，在這個家裡爹不疼娘不愛，又有一個姊姊愛作怪，我就這麼惹你們厭？哼，你們討厭我，我就讓你們更傷腦筋。

羅蔓心裡那股氣無處可發，進了房間用力甩上門，差點把門框都撞散了。在這房間裡，她好像困在籠子裡的獸，有股想掙脫卻又掙不掉的悶氣。越想越氣，手一撥，把整個書櫃裡的書，全給撥下地，劈哩啪啦的聲響，暫時解除羅蔓心裡的怨氣。

哼，教你們一個個倒地爬不起來。

羅蔓坐在床沿，看著地上亂成一團的書，剛才的快感很快就退去了。這些書，哪裡對不起我了？羅蔓腦中閃過一絲絲對書的歉意。

也正在這時，何碧蘭推開羅蔓房門，乍見滿地混亂的房間，反射一吼，也是這一吼，幾乎又要煽紅羅蔓將熄的怒火。

幸好，何碧蘭接著只是嘆了一口氣，「唉，活該，誰教我是妳們的媽！」火種沒經煽風點火，也就燃不起來了。

尤其總把孩子當成寶的何碧蘭，二話不說蹲下身，開始認分的撿拾地上那堆亂書。

羅蔓定定看著媽媽如女僕般卑微的收拾殘局，想起慈倩外婆跟她說過「蔓蔓是媽媽的寶貝。」眼前看來媽媽分明把她當寶貝疼，自己怎麼會覺得媽媽比較疼姊姊呢？於是，羅蔓也蹲下身來，陪著何碧蘭一起整理那些書。

何碧蘭抬眼望了羅蔓一眼，心想這孩子今天還真乖巧，嘴角泛起一抹微笑，心裡則是一絲一絲的甜了起來。

這時何碧蘭突然想起進門前她還在想上一趟為了什麼事上來，自然就開口問了羅蔓。

「小蔓，我煮晚餐之前，上來過一趟喔？」

「嗯啊。」

羅蔓不明所以，媽媽怎麼突然問起剛才的事？難道她察覺到什麼了？

「那我為什麼上來？我怎麼想不起來了呢？」

嗄？才多久時間？媽媽就想不起來了？媽媽老了嗎？媽媽不是才過四十歲？那不然……是那顆小茲青的巧克力發揮了什麼作用嗎？

「因為羅莉的巧克力啊。」

「啊，對了，巧克力，有靈異的巧克力，我把它凍在冰箱裡了。」何碧蘭經羅蔓提醒想起這事，心裡好不快樂。

「凍在冰箱裡？」

「是啊，凍在冰箱裡，有靈異的話也會變成冰了。」

媽媽這是什麼理論？羅蔓想著就覺得好笑。再一想又是滿心不捨，讓小茲青一直凍著，也太可憐了吧！

羅蔓不想悲傷的事，把書整理好後站起身拍了拍手上的灰。

「媽，好了吧？」

「嗯，下樓吃飯吧。」何碧蘭站起身來拉起羅蔓的手就出房門，一時間，小時候媽媽牽著她的手的記憶，通通回到羅蔓心裡，心裡暖暖的。

2 我不要當姊姊

「馬迷，我也要牽手手。」

「小莉，妳長大了。」

「不管，不管，人家也要牽手手，像小蔓那樣。」

「哎呀，妳真會吵呢，好吧，一人牽一手囉。」

兩歲多的小羅蔓閃著慧黠黑眼珠子，盯著一旁的媽媽和姊姊，姊姊好好笑喔，她是姊姊呢，姊姊還要媽媽牽手手？

「馬迷是羅蔓的，姊姊走開，走開。」媽媽是她的，只有她才能牽媽媽的手。

還沒有生下羅蔓以前，媽媽是屬於羅莉一個人獨有，自從家裡多了這個小流氓，只想一個人獨占媽媽，一點也不分給她羅莉，是可忍孰不可忍。羅莉推了羅蔓一把：「馬迷也是我的，我要牽手手。」

「妳們不要吵，馬迷是妳們兩個人的。」何碧蘭盡量沉住性子對兩個孩子說話。

「不要不要，馬迷不要牽姊姊，馬迷抱抱。」羅蔓雙手一張，就要人抱。

何碧蘭只得放下牽著羅莉的手，將羅蔓抱上身，羅莉睜著一雙大眼睛，雖然莫可奈何，不過她還是試圖要挽回。

「馬迷，馬迷……」

何碧蘭望了羅莉一眼，知道羅莉等著媽媽牽她的手，不過此刻她也只能告訴羅莉：「小莉乖，妳是姊姊喔。」

「我不要當姊姊。」

羅莉討厭當姊姊，因為媽媽總是跟她說，「羅莉，妳是姊姊，要讓小蔓。」

大學畢業後就業一年多的雪蓮到姊姊家，看到眼前混亂三母女的對話，覺得好笑，憑什麼姊姊得讓妹妹？羅莉也是一個人啊！

「為什麼小莉就要讓小蔓？」雪蓮替羅莉發聲，羅莉彷彿見到希望之光，偎著雪蓮再也不離開。

「小莉是姊姊，小蔓是妹妹，姊姊得讓妹妹，小時候我也都讓著妳。」

這話是何碧蘭對著雪蓮說的，雪蓮固然也沒忘小時候姊姊特別照顧她，可是也不能老是讓羅莉感受到失落委屈啊。

在羅莉的心裡她真是討厭要當姊姊，當姊姊就只能把媽媽讓給妹妹，如果可以選擇，羅莉想當那個有人會讓她的妹妹。

還好雪蓮疼羅莉，還會牽著她的手帶她出去玩，而且常常是雪蓮和男友蘇大維一起帶羅莉出去玩。這種時候羅莉就會把羅蔓忘得一乾二淨。

雪蓮和蘇大維一人牽著羅莉一隻手，說著笑著跳著，有時兩人一起把羅莉拉高到兩腳離地，這種時候羅莉總咯咯笑，像一隻幸福小鳥。有時他們去遊樂園玩，玩碰碰車、騎旋轉木馬、溜超長滑梯；她們也去住家附近的社區公園溜滑梯、玩蹺蹺板，羅莉像抓不住的蝴蝶到處飛，快樂得不想回家。

玩得再快樂，羅莉還是得回家。

「雪蓮阿姨，我做妳的孩子，我和妳回家。」

羅莉的話叫雪蓮和蘇大維傻眼，這孩子在說什麼啊！

「豬黍叔，你做我爸爸好不好？」

天哪！羅莉這話瞬間讓兩位戀愛中人尷尬指數破表。雪蓮一張臉脹紅成新鮮豬肝，蘇大維反應得快，祭出巧克力，立時解除了自己正面臨的危機。

「小羅莉，羅軒疆的家有巧克力，妳不要嗎？」

聽到羅軒疆，聽到巧克力，羅莉整個清醒了。

「雪蓮阿姨，我要回家，爸爸有巧克力。」

雪蓮終於放鬆下來，她對蘇大維投以讚許眼神，真不知道他什麼時候覺察到羅莉的安慰劑是巧克力。

既然羅莉都說要回家，兩人也就不再多加耽擱，趕緊送回羅莉這個小小燙手山芋。但羅莉只要一回到家，羅蔓的影像立刻撲天蓋地襲上眼前，羅莉不想要見到都沒辦法。那時候，羅莉常會叫著：「為什麼羅蔓不去別人家？」

雪蓮和蘇大維面面相覷，對於羅莉的「盧昌唱」也是幾分頭痛。

何碧蘭更說過，羅蔓剛生下不久，三歲多的羅莉問過何碧蘭：「馬迷，我的姊姊呢？姊姊怎麼不在我們家？」

「妳就是姊姊啊。」

「不是啦，是像小蔓蔓有姊姊那樣。」

「像小蔓蔓有姊姊那樣？小蔓蔓的姊姊就是妳啊。」

「嗯，我是小蔓蔓的姊姊，那誰是小莉的姊姊？」

「小莉沒有姊姊，妳就是姊姊了啊。」

「不是，不是，我是小蔓蔓的姊姊，那誰是小莉的姊姊？」

「喔，我的天啊，小莉，小莉沒有姊姊，小莉自己就是姊姊了。」

「馬迷，為什麼小莉沒有姊姊？人家也要姊姊，人家也要……」

「沒為什麼啊，妳是我們家第一個孩子，所以妳就沒姊姊了啊。」

「馬迷，那妳先生小蔓蔓嘛。」

「嗄？」

「馬迷先生小蔓蔓，我要姊姊啦……」

什麼是秀才遇到兵？這不就是。離開姊姊的家之後，雪蓮和蘇大維不約而同想到，如果好好引導，不至於帶出像羅莉這樣的小孩吧！

其實，這些情節羅莉毫無印象，她不記得自己曾經這樣「盧」過，但說句真心話，她還真是希望能有個姊姊，能像雪蓮阿姨那樣待她好，她也就不需要時時刻刻戰戰兢兢，只為了要做妹妹的好榜樣。

何碧蘭自己是忒愛想起羅莉胡搞蠻纏的這段，想著那個時候自己面對羅莉不得不舉白旗投降，臨投降前，還對著羅莉咕噥了一句，「喔，妳這小番仔。」

「誰？誰是小番仔？」當時男主人羅軒疆還問了。

「小莉啊，不然還有誰？」

「小莉怎樣番了，說來我聽聽。」

「她啊……這樣……那般……你說番不番？」快轉帶過。

「還好嘛。」呃？好像還挺滿意自己製造的作品。

「這樣還好，就是有你這大番仔才有她那小番仔。」

「呵呵，老婆，我會幫妳解決小番仔的問題。」

「這才像話。」

「小莉，猜猜看把鼻要給妳什麼？」羅軒疆彎下身問那個老婆口中的小番，跟番仔說話要抓準時機，而且也不能講道理。

何碧蘭口中的小番仔手舞足蹈嚷了一聲「巧克力。」然後雙掌併攏等著接受爸爸給的賞賜。

「哇，小莉好聰明喔。」讚美一句，再給巧克力。

嗜吃巧克力的羅莉一拿過巧克力，忙不迭的拆除包裝就往嘴裡送，口裡還嚷嚷著：

「好吃，真好吃。」

羅軒疆看著羅莉滿足模樣，小孩不就是要這樣哄騙嗎？

「小莉，有一個妹妹好不好？」

「不好。」

「哪裡不好？」

「小莉沒有姊姊啊。」好像答非所問。

「小莉為什麼想要有姊姊？」

「妹妹都嘛好幸福。」

「妳不幸福嗎？」羅軒疆是想著，四歲多的小孩懂什麼是幸福？

「嗯……」小羅莉歪斜腦袋想了半天，答不出所以然。

「怎樣不幸福？」

「姊姊要照顧妹妹啊。」答得還真斬釘截鐵。

「妳是說妳不喜歡照顧妹妹嗎？」

「不是。」

「不是？那是為什麼咧？」

「小莉也要有姊姊照顧嘛。」

「把鼻、馬迷照顧小莉不好嗎？」

「把鼻、馬迷不是姊姊嘛，把鼻你好笨喔，嘻嘻嘻。」

讓女兒說自己笨，羅軒疆搔搔頭難以心服。

「小莉，把鼻跟妳說喔，姊姊比妹妹大，所以姊姊可以管妹妹，這樣妳說好不好？」

「管妹妹？好啊，好啊。」嘴裡含著巧克力，語音也濃綢含混的羅莉拍著小手，總算明白當姊姊也有某種優勢，「把鼻，我可以管小蔓喔。」

「嗯，妳可以管小蔓。」

「好，我要叫小蔓立正站好，呵呵呵，好好玩，好好玩喔。」

「呃？叫小蔓立正站好？」

軟綿綿的嫩嬰叫她立正站好，那會怎樣？不就成了揠苗助長，怎麼可以？羅軒疆當下立即三令五申的制止，「嗯……現在不可以，以後才可以喔。」

「以後喔？什麼時候？」羅莉不放棄的追問。

「嗯……小蔓長大一點。」

「多大嘛？把鼻。」

「像這樣大的時候。」羅軒疆隨手比了到羅莉肩頭的高度。

「喔，小蔓長這樣大的時候，我就可以叫她立正站好了。」羅莉興奮的拍著手跳動。

羅軒疆看著羅莉滿意於擁有的姊姊身分，不由得佩服自己的招降功夫。至於羅莉管羅蔓的事，反正還早。羅軒疆只當羅莉要小蔓立正站好的話是童言童語，壓根沒放在心上。

但從此羅莉最大的心願，就是等著羅蔓長到她肩頭高，她心裡牢牢記住爸爸說過的話。

其實，羅蔓還沒出生的時候，羅莉的危機感還沒這麼大，反而是看著媽媽日漸隆起的肚子覺得有趣，喜歡有事沒事摸一摸，靠上去聽一聽，壓根也不擔心那個躲在媽媽肚子的娃娃。

所有的不一樣，是從何碧蘭去醫院生產的那天開始，羅軒疆把羅莉送到外婆家，只告訴羅莉媽媽要去醫院生娃娃，也沒跟她仔細說明只是短暫住在外婆家。

羅莉第一次和媽媽分開，經過白天黑夜多達五次之多。

還好，外婆家有雪蓮阿姨，晚上羅莉和雪蓮阿姨睡同一張床，雪蓮阿姨會說故事給羅莉聽，如果雪蓮阿姨的男朋友蘇大維來了，他會變魔術，羅莉喜歡抓著蘇大維的手左右交替查看，口中直問著：「咦？怎麼不見了？」

「豬黍叔，錢錢去哪裡了？」

羅莉歪著小腦袋瓜的模樣惹人憐愛，蘇叔叔三個字，到了乳音濃重的羅莉口中，成了不偏不倚的「豬黍叔」了。

外公、外婆和雪蓮阿姨第一次聽到羅莉喊出「豬黍叔」全笑翻了，外公還舉一反三指著蘇大維說：「如果用外國人報名字的方式，不就成了『大尾酥』？什麼酥啊？」

這次只有外公自己心虛笑著，外婆則是瞪著外公，不滿他沒長者風範；雪蓮是微瞋微怒，怪自己爸爸玩笑開過火，倒是事主蘇大維則坦然面對，說是從小學到大學同學常是「大尾豬」、「大尾酥」的喊著，不論是豬還是酥，都早就習以為常了。

外婆家這五天，羅莉雖是思念著爸媽，但又彷彿天堂度假一般。可五天之後，羅莉的生活真正起了波瀾，那個躲在何碧蘭肚子的娃娃出來了，也跟著來到外婆家，更搶走了所有人的注意力，羅莉總是噘著小嘴看著爸爸、媽媽小心翼翼照顧小娃娃，外公和外婆也是一樣。

這些只有雪蓮觀察到，她就會把羅莉帶回房間說故事給她聽，陪她排拼圖，轉移她的注意力。

可是，當何碧蘭做完月子回到自己的家之後，羅莉再次陷入她的憂愁之中。

羅氏夫婦寶貝似的顧著小娃娃，時不時高聲對羅莉說：「小莉，輕一點，妹妹剛睡著，不要吵醒她。」

「小莉，別摸妹妹，妳沒洗手手。」

「小莉，不可以……」

「小莉……」

「……」

這一切，只因為多了一個羅蔓。

自從家裡多了羅蔓，羅莉小小心靈就覺得媽媽比較疼妹妹，時時感到自己的地位岌岌可危。

從外婆家回來後，羅蔓睡在媽媽大床邊羅莉原先睡著的嬰兒床，羅莉被迫只能睡在媽媽房間角落裡，臨時鋪上的床墊，有時候午睡時，媽媽還把羅蔓抱上大床放在身邊，羅莉也好想要偎著媽媽，但是媽媽總是要她回自己的床。

「小莉，回妳自己的小床床睡覺。」

「我也要睡在馬迷旁邊。」

「馬迷要哄小 baby，妳回自己的床床睡，乖。」

「不要，我也要睡馬迷旁邊嘛。」

「這樣不乖囉，馬迷就不喜歡小莉了喔。」

不得已羅莉只好噙著眼淚，抱著她的好朋友泰迪熊，失望的回到角落她的空間去。

從那時起，羅莉心裡滿滿的失落。

為什麼媽媽都只疼羅蔓不再疼她了？羅莉真想要有魔法，把羅蔓再塞回媽媽肚子裡，叫她永遠不要出來。

這些只有雪蓮明白，雪蓮來到姊姊家裡不抱羅蔓只抱羅莉，而且還在她耳畔悄悄說道：「小莉啊，妳比較好玩，小娃娃軟趴趴的，不好玩。」

羅莉聽了便咯咯笑著，和雪蓮一起到家裡來的蘇大維接手抱過羅莉，他說：「羅莉是愛笑小姑娘喔！」

這些羅莉都記得清清楚楚。

羅莉還記得那時媽媽說過，有事情要用說的，不可以愛哭，可是為什麼羅蔓一哭，媽媽就像搶救火災現場般的十萬火急呢？

那時，羅莉不喜歡愛哭的羅蔓，也不喜歡只哄愛哭羅蔓的媽媽。

「喔，乖乖不哭，馬迷來了喔，不哭不哭。」

有一次，羅莉從何碧蘭的大床跳到自己的小床時，不小心撞到了櫃子，額頭上腫了一個包，她痛得哭了出來。沒想到媽媽沒有呼呼她，也沒問她痛不痛，反而罵了她：

「妳看，不好好坐著，就要跳來跳去，撞到了喔，活該。」

「嗚嗚……」羅莉記得那時額頭很痛還被罵活該，當然哭得更大聲，可是哭得更大聲，就挨更多罵。

「還哭？妹妹在睡覺，把她吵醒了，我就修理妳，睡覺，不要再玩了。」

「嚶嚶……」

「還不趕快閉嘴安靜。」

「來來來，把鼻給妳巧克力，妳乖乖吃喔。」

就是那第一次被何碧蘭嚴厲責罰之後，羅軒疆順手從桌上拿起巧克力塞給羅莉，一次兩次之後，羅莉漸漸戀上巧克力的香濃甜蜜滋味。有了巧克力，彷彿媽媽對她說著甜甜的話語；有了巧克力，補充了她身體所需的熱量；有了巧克力，可以撫平她心裡的不平衡。

沒有巧克力的時候，羅莉又會記起媽媽對羅蔓的全神貫注。

討厭的羅蔓，我們家有了妳，馬迷就不再愛我了，我討厭妳。羅莉心裡不時飄過這句話。

偶爾羅莉會趁著媽媽沒看見的空檔，偷偷捏一下羅蔓。可是羅蔓扯開喉嚨的哭聲，就會把媽媽引過來，這又是羅莉不喜歡的事。

好討厭喔，愛哭的羅蔓。

羅莉雖是對於自己的失寵不能釋懷，但羅蔓到底是她的妹妹，是從媽媽肚子生出來的妹妹，血濃於水的本性，當羅莉心情好的時候，也還是會覺得羅蔓是可愛的娃娃。

有時候羅蔓沒來由的就哭了，羅莉一旁看到也是會心急如焚，學著媽媽哄娃娃那樣的撫拍羅蔓。

「小蔓蔓乖，不哭喔，姊姊在這裡，姊姊惜惜妳。」

不然羅莉也會把小羅蔓的奶嘴塞進羅蔓嘴裡，「來，吃奶嘴嘴，乖。」

如果這一些都無效，羅莉也會趕緊去找媽媽，「馬迷，小蔓哭哭了，我惜惜她，她還一直哭呢。」

有一回羅蔓呼天搶地的哇哇大哭，羅莉心一急，想要讓她停止嚎啕大哭，於是把自己手上正拿著吃的巧克力，就往羅蔓嘴裡塞。

還好何碧蘭只是把換下的尿布拿去丟垃圾桶，轉個身很快她就又回來了。

「要命啊，小莉，妹妹還不會吃巧克力，妳塞給她吃，會噎死她呢。」

「可是巧克力好好吃呢。」

「妳好吃，她不好吃，我也不好吃，妳不要再亂拿東西給妹妹吃喔。」

「喔。」羅莉委屈著一張臉，她只是想幫媽媽的忙哄哄妹妹。

有時候，羅莉也會覺得小羅蔓天真可愛，很想好好疼疼她。

媽媽忙著洗衣服，要羅莉搖一搖小搖籃，羅莉會爬進搖籃裡拍著小羅蔓，拍著拍著把她拍得睡著了。

「唉唷，小莉啊，妳真棒，把妹妹哄睡了，馬迷就省了一些事囉。」

「妹妹乖乖，妹妹睡睡。」

「嗯，妳也很乖。」媽媽讚美了羅莉，再抱起她，順便親一下她的臉頰。

羅莉好快樂唷！

妹妹最好都一直睡覺，媽媽就會只喜歡她一個人了。

羅軒疆說過姊姊可以管妹妹的話，羅莉一直記在心裡，而且興奮得等著長大。她一直記得要好好管管妹妹，叫小蔓不可以隨便想哭就哭，肚子餓了要用嘴巴說，想尿尿要去馬桶坐著尿，她要教妹妹做個懂事的好孩子，不可以把媽媽全搶走。

「小蔓乖乖，妳要懂事，餓餓要用說的，不可以愛哭，知道嗎？沒有人喜歡愛哭的寶寶喔。」

羅莉在嬰兒床邊一遍又一遍的說著，小羅蔓只是睜著一雙眼，烏溜溜黑眼珠不停轉動著，咧嘴嘻嘻笑著。

羅莉還是不厭其煩的，把自己會念的唐詩一首首教給小羅蔓，她一遍遍念著，心裡盼著羅蔓快快長大。

春去秋來，羅莉進了幼稚園中班，早已習慣生活中有個羅蔓和她爭搶媽媽，但她偶爾還是會記起爸爸說過姊姊可以管妹妹的話，有事沒事就叫快兩歲的羅蔓立正站好。

「⋯⋯站好，不能亂動，妳還動？這樣很不乖喔。」

「嘻嘻⋯⋯」

「小蔓，妳很不乖喔，還笑？站好。」

不到兩歲的小蔓，哪懂得什麼是立正站好，羅莉一氣起來，學著幼稚園的老師，左手抓著羅蔓的右手，右手不是輕輕拍著，而是狠狠地打下去，羅蔓當然放聲大哭。

「哇哇……」

「怎麼了？」十萬火急的救援部隊來了，夫妻兩人齊聲問，問的是哇哇大叫的羅蔓。

「姊姊叫站站。」嗚咽說得不清不楚。

「啥？」救援部隊聽不懂。

「嘤嘤……姊姊叫站站，姊姊打打。」口齒不清，說了等於白說，不過倒是把小手指向罪魁禍首。

「呃？小莉？妳對小蔓做了什麼？」救援部隊轉向質詢。

「把鼻說姊姊可以管妹妹，我要叫小蔓立正站好，她都不站好。」說得理直氣壯，只是略過打小手手這一段。

「喔——」救援部隊這才如釋重負，但仍是要叮嚀一下，「小莉，妹妹還小，慢慢來。」

「可是……我們幼幼班的小朋友都……」

「小蔓蔓不是幼幼班的。」解說完畢，救援部隊只顧要安撫哭哭啼啼的羅蔓，「乖，惜惜，小蔓不哭，姊姊壞壞。」

那三個人分明是幸福美滿的一家人，羅莉一旁看著他們三人合演的家庭劇，免不了心頭又是一陣酸，家裡多了個妹妹，管妹妹的她就變成壞壞姊姊。

「哇哇……都沒有人愛我……哇哇……」

一年年過去，羅莉、羅蔓漸漸長大，做姊姊的仍然三不五時罰妹妹站，做妹妹的也時常在爸爸跟前告狀。

羅軒疆只要看到掛著兩泡眼淚找他告狀的羅蔓，開口說了：「把鼻，姊姊……」他就知道是自己那年無心一席話惹出的大麻煩，而他也很自然的接下羅蔓的話，「姊姊又罰妳站了？」

「嗯。」

後來，羅軒疆熟知這樣的狀況，只要羅蔓來向他找尋慰藉，他乾脆改成問她：「今天被罰站幾次？」

小小年紀的羅蔓，往往還當真的扳起手指數著，「七次。」

然後逐年從七次、六次、五次遞減到沒有，不是羅莉已經玩膩管妹妹的把戲，而是羅蔓也長到有大腦會反抗了。

「叩叩……」羅莉敲著羅蔓的房門。

「誰啊？」羅蔓放聰明了，先問清楚，免得老是被羅莉拿各種理由罰她站。

「我啊，姊姊。」

「我在寫功課。」

「喔，那要認真喔。」還真像督學。

這個回答真好用，從此羅蔓就都以這個說詞來對治羅莉。

羅莉看到妹妹老是窩在房裡讀書寫功課，心想羅蔓這下子成績絕對會突飛猛進，那爸媽一定會多疼羅蔓一些。

不行，得想個方法使自己成為焦點，吸引爸媽。於是羅莉也發憤圖強，努力用功希望以好成績贏得爸媽的嘉許。幾年下來暗中較勁的結果，羅莉略勝一籌，班上排名總是在前三名，爸媽兩人四隻眼睛全都看向羅莉，羅蔓獲得的待遇千篇一律是：「小蔓，要向姊姊看齊喔。」

「小蔓，人家姊姊都能考到前三名，妳怎麼都不能呢？」

「小蔓，要加油喔。」

「……」

做妹妹的羅蔓看在眼裡，心裡真不是滋味。考進前三名，就代表一切了嗎？

羅莉一路到現在剛進了國中，讀書完全不勞父母操心，只要三不五時給她巧克力，她就能自體產生源源不絕的能量。

「小莉啊，妳那一盒金莎在冰箱裡，妳不吃嗎？」靈異巧克力事發兩天後，何碧蘭問羅莉。

「不要了，媽，妳把它處理掉。」

「我把它處理掉？喔。」

既然女兒這樣說了，那就不必客氣了，反正兩天前吃那顆多出來的巧克力，不但安然無恙，還唇齒留香呢！

一餐吃一顆，照三餐吃，二十四顆可以吃上八天。這是原先何碧蘭心裡的盤算，她也一直克制自己，確實遵守一天三顆的自我規定。不過到了第五天，早午兩顆後，到準備晚餐前，援例吃下一顆卻還意猶未盡，掙扎著要否再吃一顆。

「好嗎？再吃一顆，那就不能吃八天，可就只能吃七天半了。」

「有什麼關係，就吃七天半嘛。」

「這樣好嗎？」

「有什麼不好？」

「可是吃太多或蛀牙。」

「又不是小孩了還蛀牙？」

內心自我掙扎了半天，何碧蘭最終屈服在口慾之下，吃過一個再吃一個。

嗯，真好吃的巧克力，繼續吃吧。

吃了八顆，已經有滿足感，第九顆正放進嘴巴，除了甜滋滋的味道外，再也感覺不出濃郁的巧克力香了。

呃？不知不覺吃這麼多了呀？

何碧蘭皺著眉看著盒裡碩果僅存的一顆巧克力，她問自己，還要吃嗎？不吃嗎？就剩這最後一顆了，乾脆一起處理掉吧。

最後一顆，撥開包裝放進嘴裡，雖然沒了第一顆的巧克力香氣，但也還是巧克力。

當她口中巧克力逐漸融化時，何碧蘭突然看見手上把玩的銀色包裝紙上，有個紅色簽字筆點上的紅點。

咦?這是什麼?左看右看,再把其他九張包裝翻了再翻、看了再看,真的不一樣耶。

唉呀,這一盒巧克力還真是有幽靈啊!

何碧蘭慌慌張張的想將口中的巧克力吐出來,卻是一用力反將它嚥了下去。

怎麼辦?嗚嗚嗚……

剛進門的羅軒疆被哭哭啼啼的何碧蘭嚇壞了,公事包隨手扔進沙發,倉皇進了廚房。

「老婆,怎麼了?」

「嚶嚶……我……我……」話也講不清楚。

「妳怎麼了?切到了?還是燙到了?」

羅軒疆環視整個流理臺瓦斯爐,連菜都還沒拿出冰箱,不會是切到手,更不會是燙著了。

那……又是為什麼?

「我……把巧克力吃完了。」

「沒關係,吃完我再買就好了,別哭了。」羅軒疆哄小孩似的哄著老婆

「嗚嗚……」還是哭個不停。

「到底怎麼了？慢慢說。」

「你看，這顆巧克力有靈異……」何碧蘭把銀色包裝紙遞給羅軒疆：「我把它吞進去了啦，嗚嗚……」

接過老婆遞過來的包裝，羅軒疆看不出哪裡有靈異，半天，還是看不出個所以然。

「你看，這裡，這裡有一個紅點，別的沒有呢。」何碧蘭再把其他包裝全抓到羅軒疆手裡。

羅軒疆很努力看著那一點紅色，再看看其他包裝紙，除了那一點的不同，再沒別的奇異處，這樣就是靈異了嗎？

「這……哪有什麼靈異？」

「它就是靈異巧克力啦。」

何碧蘭這大聲一叫，正好傳進先後進門的兩個女兒耳朵，羅莉和羅蔓不約而同的問：「靈異巧克力在哪裡？」羅莉倏的聯想起當日那無法解釋的現象，頓時渾身雞皮疙瘩。羅蔓則在自己本能發問後，想通什麼似的嘴角掛起一抹淡得無痕的詭笑。

3 真的跟來了嗎

儘管羅蔓有著捉弄人的快意，但在何碧蘭迭聲不止的「靈異巧克力」中，逐漸質變成了一種複雜情緒，原來的絲絲訕笑越來越淡，淡到糊成混著見不清面貌的詭異。羅蔓不禁問著自己，那一顆自己惡作劇的巧克力，是祭拜小茲青的祭品，不過是進出了殯儀館、火葬場、靈骨塔，難道真領了一隊什麼精靈來了嗎？

《洽吉》、《安納貝爾》、《紅衣小女孩》那樣的靈異電影，在學校聽同學們談論得沸沸揚揚，有的人膽子很大迷得不得了，有的同學卻是膽子比螞蟻還小，連聽都不敢聽，一個勁的狂摀著耳朵。羅蔓知道電影是演出來的，但爺爺、奶奶和外公、外婆說過一些不可思議的傳說，那可是誰都無法解釋的。

羅蔓聽過臺灣民間故事傳說的附身，或借屍還魂的故事，雖然在說者言之鑿鑿的情況下，她也是相信不無可能。但現在她不過是帶了一顆巧克力祭品回家，能有嚴重到小茲青想回到陽間來嗎？但小茲青是個小男孩，他要如何附身？關於這樣的連結，羅蔓雖然滿肚子狐疑，認為可能性是微乎其微。可是當看到何碧蘭這樣的驚慌，是本能反射不是裝出來的情狀，免不了便有了幾分擔憂。

「爸，媽怎麼了？靈異巧克力在哪裡？」羅蔓小心翼翼的問，心裡一股異樣的情緒，只有她自己才清楚怎麼一回事。

「媽，我不是叫妳把巧克力處理掉嗎？」羅莉有點氣急敗壞。

「妳叫我把巧克力處理掉，我就都吃進肚子裡了。」何碧蘭哽咽的說。

「什麼？妳吃了那些巧克力。」羅莉差點跳起來。

「嗯啊，處理掉啊。」何碧蘭現出理所當然的表情。

「喔，媽，妳也幫幫忙，處理掉是要妳把它們丟了。」羅莉覺得自己被打敗了。

「什麼？丟掉？那是錢呢，妳爸爸花了港幣買的呢。」典型持家女人，聽到把能吃的東西丟掉，等於是把錢丟掉，她馬上破涕，說教。

「老婆，港幣是小錢，妳有沒怎樣才是大事啊。」嘴真甜，聽得何碧蘭心花朵朵開。

「真的？我這麼重要喔？」一副陶醉模樣。

「當然重要。」

倒是羅蔓覺得這只是爸爸和媽媽肉麻當有趣，盡說些噁心的話。

「拜託，好噁心喔。」

「啊？」這一對演技不被看好的夫妻，不知如何接續下去。

「好了啦，羅蔓妳別打岔，媽，那妳說的靈異巧克力在哪裡？」羅莉小小斥責妹妹。

「在我肚子裡。」說著還拍拍她那個微凸的肚皮。

「妳既然知道是靈異巧克力，還吃？」羅莉真不明白媽媽心裡想什麼。

「我是吃了才知道那是靈異巧克力。」

「有什麼靈異事情發生？」羅蔓直指要害。

「沒有發生什麼事。」何碧蘭平靜的說。

「噢，那這樣還說什麼靈異巧克力，拜託妳啦，媽，不要大驚小怪。」羅莉不屑的說。

「喔，我這就是大驚小怪？那前幾天鬼叫房裡有魔神仔的人是誰？那算不算大驚小怪？妳那天哪有什麼靈異巧克力？我今天的才是。」

「那天真的有魔神仔啦，平白無故多了一顆巧克力啊。」羅莉很不服氣。

「也才多一顆。」何碧蘭也爭一口氣。

「多一顆就有靈異了，不然還要多幾顆？今天有多一顆嗎？」

「今天是沒有多一顆，但是你們看，這個不奇異嗎？」說著何碧蘭把那張包裝紙往前一攤。

「不過是金莎的包裝啊？」羅莉仍是一貫的睥睨口吻。

「媽，一張包裝紙啊，有什麼靈異？」羅蔓比較好奇媽媽怎樣察覺出靈異。

「是啊，老婆，這我剛才也看過，沒什麼不同嘛。」羅軒疆想起那也不過多一點紅點嘛，不那麼仔細看也還看不見啊。

「哪沒不同？你們眼睛都瞎了啊？這上面有一個紅紅的點呢。」

瞬間，三個父女全擠向前，連已經看過的羅軒疆也跟著擠，擠得頭都撞在一起，各自還搗著剛剛撞疼的部位。然後六隻眼睛目不轉睛的盯著那張銀色包裝紙看。

「是有一個紅紅的點，那又怎樣？」看了是一個小紅點，羅蔓揪著的心稍微放寬一些。

「不過是個小紅點嘛，媽媽最愛大驚小怪了。」羅莉語氣充滿著不耐。

「這個姊姊真沒禮貌欸。」

一句很輕很輕，輕到如光線穿透的灰塵，又似乎是飄在空氣中的氣音，只是不知從何而來，卻就這麼筆直的鑽進何碧蘭的耳朵。

「呃？什麼？你說誰沒禮貌？」何碧蘭本能的回問。

客廳瞬間靜了下來，何碧蘭對著空氣木然失神的樣子，嚇壞了羅軒疆和羅莉、羅蔓兩姊妹，父女三人張口結舌，心下不無緊張的環視室內，一遍又一遍，企圖找出讓何碧蘭說出這句回應的源頭，可是三人都無所獲，彼此交換著眼神，傳達的是「到底怎麼了？」

但束手無策坐以待斃總非明智，還是從做出奇怪反應的當事人身上著手探尋方是上策。

「媽，妳怎麼了？」

「欸，老婆，妳哪裡不舒服？」

何碧蘭心裡納悶，剛剛那小娃兒的聲音從何處傳來？難道會是自己聽錯了？隨後她也兩眼溜轉了室內四周一圈，再定睛看著老公和女兒的緊張神情，以為他們三人也都聽到了，隨口便問了：「你們也聽到那個小孩說話了？」

「什麼小孩？」羅軒疆邊問邊以眼神找尋，「在哪裡？」

「哪有什麼小孩？」羅莉的聲音被害怕撐出了心虛。

「那小孩說什麼？」更虛的是羅蔓，卻又想知道更多。

「他說『這個姊姊真沒禮貌欸。』」何碧蘭喃喃地說，心裡想著為什麼會是這樣一句咧？「這個姊姊」是「哪個姊姊」？是羅莉？還是羅蔓？

「媽，難不成妳看到了魔神仔？」羅莉煞是鄭重地說。

「魔神仔？」何碧蘭喃喃道，隨即又一想方才那聲音，明明是很甜很美的小孩聲音，怎會是魔神仔？

「不會吧！」

「什麼不會？媽。」

「我是說那麼好聽的聲音不會是魔神仔吧？」

「妳到底在說什麼好聽的聲音啦？媽。」焦慮的羅蔓不耐煩的情緒都顯現了。

「就剛剛那個說『這個姊姊真沒禮貌欸』的小孩聲音。」

羅軒疆開始擔心起他老婆，眼前看起來的狀況是很不對勁的。

「這張包裝紙是有一個紅紅的點，可是這樣就會有靈異了喔，真是搞不懂呢！不會吧？老婆，妳別擔心，沒什麼好聽的小孩聲音啦。」

「有啦，真的有小孩說話。」

「呃？真的有？」

真的有小孩說話的聲音嗎？羅蔓一旁愣住了。

因為那多出的一顆巧克力，而且是自己在包裝紙上做了紅點記號的金莎巧克力，就真的引來了魔神仔嗎？如果真是這樣，那可不可以讓一切回到最初，在學校就把那顆慈倩請她吃的巧克力吃了，不要把它帶回家，更不要為了捉弄羅莉搞了這齣小把戲。

為了這顆多出來的巧克力，此刻的羅蔓非常懊惱，不知如何是好。

可是，只是一顆巧克力而已，即使是從慈倩那裡來的，也會因為小茲青而給家裡帶來靈異或是傷害嗎？小茲青是那麼可愛的小弟弟，口齒不清晰的小茲青總是把她喊成「罵姊姊」，他就算是跟來了家裡，也不至於會搞怪吧！

「不過……有沒有魔神仔，就還不知道呢。」何碧蘭再加一句。

全家人都有敗給她的感覺了。

說有小孩說話聲音的是她，說還不知道有沒有魔神仔的也是她，她到底是要怎樣呢？

「唉。」

「真無聊。」

姊妹倆雖是各自拋下結論，頭也不回的上樓去了，但兩人的心裡還是掛滿上上下下的桶子。

啊？怎麼是這樣？何碧蘭以不敢置信的眼神，目送兩個女兒上樓，竟是一句話也說不完整，「這……她們……」

她的心情竟然沒人理解，連這兩個從她肚子裡滑出來的孩子，也不懂她的心，真是傷人啊！

「別生氣，別難過，孩子剛下課回來嘛！」

「可是……剛剛那個……」其實何碧蘭要說的是，剛才聽到的那句輕飄飄的話。

「沒關係嘛，小孩子。」

「對啊，就是小孩子啊。」總算有人了解了，眉開了點，眼也會笑了。

「小孩子不懂事。」羅軒疆說的是自家的兩個女兒。

「小孩子當然不懂事。」何碧蘭說的是那個沒身影的小孩。

「那就別放在心上嘛。」

「喔。」

雞同鴨講了半天，何碧蘭寬心了一些，室內氣氛也漸漸平靜了下來。

才平靜不到一分鐘，何碧蘭又大喊了一聲。

「糟糕，慘了。」

「又怎麼了？是又聽到了什麼？還是見到了什麼？」羅軒疆小心翼翼的問，深怕他老婆真開了天眼見到了魔神仔。

「不是啦，是我還沒煮飯呢，呵呵。」末了還奉送了尷尬的笑聲。

「煮飯？小事，沒煮，我們就出去吃。」

「嗄？出去吃喔？」

「是啊，不然咧？」

日子還是規律的進行著，白天就何碧蘭一人照料一棟透天厝，室內總安靜得彷彿無人的世界，非假日就得等到黃昏時分，孩子和丈夫陸續進了門，這個家才會再度因為人聲而恢復生氣。

這日下課回來剛進門的羅莉，不知哪條筋出問題，再把前幾日的事拿出來說嘴：

「媽，我說妳真神經呢，叫妳處理掉巧克力，是要妳把它丟掉，妳竟然是把它吃進肚子裡。」

「要丟掉妳就說就丟掉，幹嘛說處理掉？誰知道妳的處理掉是丟掉。」

「誰會像妳是用嘴巴和肚子來處理。」

「這種處理方式最不傷腦筋了。」

「真的不傷腦筋嗎？」羅莉想起幾日前那一晚，媽媽失常說著有好聽小孩聲音的情形。

「那……吃過了那顆包裝有紅點的巧克力，這幾天妳沒怎樣吧！」放好書包從樓上下來的羅蔓打探什麼似的問著。

「嗯……」

何碧蘭用力想著從那天到今天的異樣，除了那天那句莫名其妙突兀至極的話以外，其他好像也沒有什麼不尋常的地方，就連上大號都和以往一樣，沒便祕也沒拉稀。

只是這些天，她總覺得有隻看不見的小手不停的在拉她。

她今天午睡時候，明明知道自己是在午睡，而且已經睡醒想起床，可是怎麼樣都睜不開眼，正在那時偏偏她又能很清楚感覺到，身邊有一個小孩在拉她，她很想張開眼睛仔細看清楚，那是誰家的小孩，卻是再怎麼用力也撐不開眼皮。

要把這些事情說出來嗎？在這種煮晚餐時候，會嚇到羅莉和羅蔓吧！

「怎麼樣啊？媽，真的有怎樣嗎？」羅蔓因為小小歉疚關心比較多些。

「其實也沒有啦，只是……只是……」何碧蘭猶豫著該不該說。

「只是什麼？」這次兩個女兒一起問。

「喔，幹嘛？巴不得有靈異產生喔？」

「嘿嘿……呵呵……」兩姊妹還真是同心呢，連笑也一起笑。

「好嘛，妳們那麼愛聽我就說，今天中午我午睡快醒來的時候，明明覺得已經醒了，可是怎麼樣都睜不開眼，這時候好像有一個小孩在旁邊拉我，我很想張開眼睛仔細看清楚，就是沒辦法看到他的臉孔……」

「喔，拜託，我還以為什麼靈異的事呢！」羅蔓果然不感興趣。

「這經驗我也有過，總覺得旁邊有個人，但就是睜不開眼來看清楚他是誰。」羅莉說。

「真的？妳也有過？我怎麼不知道？」何碧蘭好像尋到同道似的有勁。

「我沒說妳當然不知道。」

「為什麼不說？」

「又沒什麼好說的，不過就是殘夢嘛。」

「殘夢？是什麼夢？」這個媽媽也太遜了吧。

「媽，這個也不知道，就是沒作完的夢啦。」

「不是夢，我明明已經醒過來，我很清楚我是醒著的，旁邊真的有個小孩。」

「真的？那小孩長怎樣？」羅蔓很想印證是不是小茲青。

「不知道耶，看不見他的臉。」

「妳沒看到小孩的臉喔？」

「嗯啊，我一直想轉頭去看，可是就轉不了，什麼都沒看到。」

「什麼都沒看到，一個小孩子？」

「那小孩有沒有說話？」

兩姊妹七嘴八舌說了半天，就這句撼動了何碧蘭。

「說話？」

羅莉這麼一問，何碧蘭很認真的回想，剛從午睡醒過來時，身旁的那個模糊小孩除了拉她，到底還說了什麼？好像沒有，又好像有……

啊，對了，是……喊媽……

「他喊妳媽媽是不是？」羅蔓隨口說，竟是一語中的。

「小蔓，妳怎麼知道？」何碧蘭露出不可思議的目光盯著羅蔓望，她也猜得太神準了吧？

其實羅蔓當下只是想到小茲青，當他將要掉進外婆家附近的大水塘時，應該是想要拉著媽媽的手，想當然耳的，他一定會在情況最危急時脫口喊著媽媽，在那瞬間他多麼需要媽媽溫暖的手臂，堅定的拉住他。

慈倩的弟弟小茲青，真的和媽媽殘夢中的小孩有關嗎？羅蔓沒辦法肯定。

「喊媽媽？喔，那是想當妳小孩的精靈啦。」羅莉則是這麼說。

「精靈？」

「啊，媽，妳乾脆就再生一個嘛。」羅蔓脫口而出的竟是這句，說完，她自己也有點慌了，忙著吐舌，以為這樣可以把剛才說出口的話吐掉。卻是沒想到這句話成了鎖鍊，羅蔓說完羅莉再扣住一個鍊子，「媽，再生個弟弟吧。」

「再生一個？」何碧蘭受驚嚇似的睜大眼睛，「妳們別害我了。」

「呃？」兩姊妹面面相覷好一會，「怎麼說是害妳？」

「我生了妳們兩個還不夠悲慘嗎？」

「媽——妳怎麼這樣說，我不是妳的寶貝嗎？」

「媽——妳怎麼這樣說，我不是妳的寶貝嗎？」

兩姊妹異口同聲，說出後，才發現兩人所講的話是一模一樣，一字不差，兩人都心有所感，同時轉頭看著她們的媽媽，不敢置信的以銳利眼神逼近何碧蘭。

「嘿嘿，妳們都是媽媽生的，當然都是媽媽的寶貝啊。」

「媽，妳怎麼可以這樣？妳以前都說我是妳的小寶貝啊？」

「好啦，小莉妳本來就是媽媽的小寶貝嘛。」

「媽，妳偏心，羅莉是妳的小寶貝，那我是什麼？」

「小蔓，妳是媽媽的心肝啊。」

「喔，媽，妳不可以這樣啦，妳比較喜歡我的嘛？」兩姊妹口徑又一致了。

這兩個平常水火不容的姊妹，竟然會這個時候聯手圍剿媽媽？眼看自己隨口胡謅種下的惡因，此時就快要結出惡果，何碧蘭額頭沁著汗珠，心裡祈禱著，快來個英雄，好救救她這個美人吧。

「哎呀，不可以怎樣？誰比較喜歡誰？」剛進門的羅軒疆在不明狀況下多舌了一句。

「Ya！Ya！」何碧蘭感覺就要得救了。

好不容易看見這家唯一的男人出現，三個女人如蜂見蜜似的爭相擠向前去搶著要說話。

「爸爸……」

「爸，媽好那個……」

「老公——她們兩個都欺負我……」這個媽媽聰明，一口氣打死兩個。

「好好，這兩個小鬼怎麼欺負妳？」才問完沒等人回答，就轉頭問那兩個罪魁禍首，「妳們兩個都長這麼大了，還欺負媽媽，說出去會笑掉人家大牙的。」

「爸……」

兩個想要翻案的女兒，話都還沒完整說出口就先被制止了，「妳們先別吵。」放下公事包，坐上沙發，還是關心一下老婆大人吧。

「老婆妳說，這兩個小鬼怎麼欺負妳？」

「她們叫我再生一個小孩啦。」

「什麼？」

聲量之大，嚇壞這屋裡的三個女人，不過是說再生一個小孩，羅軒疆的反應竟是如強烈颱風來襲。

「再生一個孩子。」

「再生一個弟弟。」

「對，為家裡添個丁。」

夠清楚了吧？三個女生等著現場唯一男士再問一次。可羅軒疆縱有一百個膽子，也不敢唐突開口再問一次，方才三個人的回答就夠他心裡悶的了，頻頻喃著：「饒了我吧，饒了我吧。」

家裡有三個女性已是他一生的夢靨，他彷彿住在女生宿舍裡，平常服務女生的時候多，大小事一肩扛，少有她們溫柔對待他的時候，如果再來一個，他乾脆躺在地上任她們蹂躪好了。

「是嘛，沒事拿這生小孩的事來嚇妳們的媽媽，妳們真不孝。」

「爸，你才不孝咧。俗話說『不孝有三，無後為大』，我們家沒有弟弟，對阿公、阿嬤而言，你才不孝咧。」

羅蔓這一番話教羅氏夫妻傻眼，他們兩人幾時灌輸她重男輕女的觀念？兩人對望了一眼，確信彼此教育都是男孩女孩一樣好，個個都是爸媽的寶。

「妳們就是我的後啦，小傻瓜。」羅軒疆說著捏捏羅蔓的鼻子。

「可是我和羅蔓都想要有個弟弟。」羅莉說。

「誰敢保證再生一個一定是弟弟？再說妳們沒聽過『男孩女孩一樣好』嗎？」

「是啊，我和爸爸生下妳和小莉就滿足了。」

「可是，爸，現在臺灣已經是少子化社會，你們不趁現在還有生育能力多生幾個，以後都是老人的世界，誰來照顧你和媽媽？」羅莉說得慷慨激昂。

「對啊，媽，妳還年輕，就再生個小弟弟嘛，這樣以後我和羅蔓都不在家的時候，妳和爸爸才有伴啊。」

「嗯，有伴……」羅軒疆差一點掉進「有伴」的陷阱，幸好還沒昏了頭，「伴？不必了，我是敬謝不敏囉，老來我和媽媽互相作伴就好了。」羅軒疆說著還和何碧蘭交換眼神，笑得可甜了。

「說得也是，真要人照顧時，就妳和小蔓來照顧我和爸啊。」

「我和小蔓如果都不在你們身邊呢？你們怎麼辦？」

「我們……」何碧蘭詞窮了。

「喔喔，感謝喔，羅莉小姐，真到那種時候，我和媽媽自然就會有因應方法啦。現在的社會型態已經不是養兒防老，現在是養老防兒，我和妳們的媽媽啊，我們會想辦法多運動多注意養生，會把自己照顧得好好的，妳們姊妹倆可以大大的放心囉。」

「欸，爸，你怎麼這樣說，什麼養老防兒？好像我和姊姊是什麼賊似的，要讓你防著。」

「呵呵……妳們沒聽過啊？女兒賊，養女兒從小栽培到大，結婚再帶一些嫁妝去，不是賊嗎？」何碧蘭也出口了。

「對啦，對啦，就是防妳們兩個小賊，哈哈……」防賊還這麼爽，大概也只有這家爸爸是如此的。

「厚，居然說我們兩個是小賊，那媽媽，妳自己也是賊囉？哈哈……」兩個女兒吐嘈回去。

「說那什麼話？敢說妳們的媽是賊。」羅軒疆替老婆出頭。

「是媽自己說的，女兒是賊，那她是外婆的女兒，她當然也是賊囉。」羅蔓先說，接著羅莉再強調：「媽媽嫁給你的時候，外婆給媽媽那麼多嫁妝，有時回外婆家，外婆又都準備大包小包讓我們帶回來，所以媽媽就大賊王囉。」

「老公，你看，你兩個女兒一直說人家是賊啦。」

「妳們兩個小鬼，再取笑媽媽，這個月的零用錢就扣掉囉。」

「厚，爸爸耍賤招。」羅蔓不依。

「怎麼可以這樣？我的零用錢都不夠花，還想請爸爸增加一些呢。」羅莉也發表看法。

「看看妳們，現在就想從我身上多挖一些，這不是女兒賊是什麼？」

「呃？呵呵……」

這一家人笑得正歡樂，一聲輕到幾乎沒有的嘆息四面牆衝撞個不停，如果可以把自己融進這一家笑聲裡，多好！

羅莉發現她桌上的巧克力無故多出一顆的事，隔天上學就跟好朋友柯雪碧說了，那時柯雪碧便斬釘截鐵說了：「欸，羅莉，我看妳家要開始不平靜了。」

「……」前一天的心悸猶存，柯雪碧的話無疑更是重重一記錘，羅莉整個的啞口無言。

「妳看喔，所謂『無風不起浪』，妳桌上怎麼就平白多一顆巧克力？絕對是有什麼看不見的東西要借題發揮了。我跟妳說喔，妳遊說妳媽去宮廟拜拜，問個神求個籤消災解厄，看看能不能大事化小、小事化無。」

「什麼『大事化小、小事化無』？」

「欸欸欸，我像廟裡的道姑嗎？我哪知妳家會遇上什麼大事小事？妳就趕快要妳媽去廟裡燒香拜拜就是了。」

「可是我媽向來都不信拜神問卜求籤收驚的事，怕是很難說得動她。」

「那……就沒輒了，妳們家啊，就等著外靈入侵了……」

柯雪碧末了那句聲音揚高了幾度，引來幾個同學注意，紛紛靠過來追著扒八卦。

「什麼外靈入侵？」

「喝雪碧，誰被外靈侵入了？是妳雪碧喝多了，咯氣被外靈入侵了？」

「邪靈嗎？安娜貝爾……還是……」

「去去去，你們這些都是邪靈啦！」

柯雪碧雙手撥推同學之際幸好鐘聲也適時響起，一場混亂終於不了了之。只是羅莉滿腦門都是「外靈入侵」四個字，她實在害怕啊！

那日回家後，一來是看著家中一切如常，媽媽一個字都沒提起關於冰在冰箱冷凍層的巧克力一事，再因自己忙著國中惱人的課程和平時考，也就將那事忘得一乾二淨了，若不是後來媽媽明確指出包裝有紅點的巧克力，靈異之想怎會捲土重來困擾她呢？

現在想想，那日柯雪碧那一番話，還真不是危言聳聽。

真該盡自己所能的死拉活拉，也要把媽媽拉進天后宮或關帝廟，去拜拜過個運，羅莉心裡滿滿懊悔。

除了懊惱，羅莉的深層擔憂是，如果家裡真的遭到邪靈來犯，該怎麼辦呢？

4 雞飛狗跳的日子

紅點，包裝紙，巧克力，靈異，一夜過後，全被拋在腦後。

一家四口，個性大異其趣。一家之主的羅軒疆對待家人體貼溫和，一旦投入工作事項便全力以赴全然忘我，務必要將經手之事做到盡善盡美。家庭主婦的何碧蘭雖是粗枝大葉，但在家事及照顧家人之上，則是鉅細靡遺毫無疏漏。羅莉兼含並蓄了父母的個性優點，無論在自己臥房的布置整理，或是學習功課上的自我要求，總能泰山崩於前而色不變，何碧蘭就曾經因為喊她喊到冒火，口無遮攔便罵道：「羅莉妳啊，別只把頭埋進書堆裡，外面發生什麼事都不聞不問，哪天家裡火災了，妳也不知道。」

「媽，妳詛咒我們家火災啊？」

「呸呸呸……」

面對羅莉那已定型的行事風格，爸媽是一則以喜一則以憂，偶爾對視幽幽說道：

「這孩子還真能處變不驚啊！」

妹妹羅蔓對她的評價則是「牛牽到北京還是牛，狗改不了吃屎。」

羅蔓的個性偏偏少了細膩專注，多了大而化之與巧變機靈，上下樓三階兩階蹦跳，老是磕磕碰碰，這裡一塊紅腫那裡一片紫青，小時候爸媽看了心疼不已，羅蔓卻是不叫不啼不哭，轉個身便又故態復萌了。這樣的孩子爸媽雖不需要捧在手心呵著護著，可總錯覺那是認命的阿信，心下滿是不捨。

生活但凡因而常有摩擦，但也在衝突之後偃旗息鼓的度過。

即使面對靈異巧克力事件，一家人仍不改各自原來作風。

這天，餐桌上一家四口享受著女主人精心準備的食物，個個正吃得津津有味時，客廳裡的電話鈴聲響起。

「鈴……鈴……」

「小莉你去接。」

爸爸下達了命令，卻無效。

「一定是小蔓的電話，叫她自己去接。」

「妳也幫幫忙，那鈴聲有說『找羅蔓』嗎？為什麼我要去接？」滿嘴飯菜的羅蔓還不忘反駁。

「每次都嘛是找妳的，不是范慈倩，就是李紫嫻，一群愛嚼舌根的女人。」

「什麼叫做『每次』？就從來沒有電話是找妳的？那喝雪碧是誰？喔，喝可樂的家人。」

電話鈴聲彷彿也在向她們姊妹倆互別苗頭似的，使盡力氣的響遍整個屋內，一副不來接電話不罷休的態勢。

「妳們兩個在幹什麼，叫接個電話也推拖拉，吃飯就會跑第一。」媽媽出聲訓人了，同樣是起不了任何作用的，兩個女孩還在鬥著嘴。

「長舌女。」

「死胖子。」

「……」

「……」

「算了，算了，我自己去接。」最後還是得一家之主親自行動。「……小蔓電話，范慈倩找妳。」

片刻之後，客廳傳來羅軒疆的呼叫聲，餐桌上另外兩個女人的眼珠子，不放過機會的直瞪著羅蔓，羅莉更是不服氣的開口叨唸：「就說是妳的電話還不信？」

「呵呵……」羅蔓笑得尷尬，趕緊溜出現場。

這次羅蔓倒是很快就回到餐桌，六隻眼睛還是不太能原諒似的緊盯著她望，她當然是懂得那眼神所要傳達的意義。

「好嘛，好嘛，是我的電話多，以後都我去接電話好了。」

「妳說的喔？」羅軒疆彷彿交出燙手山芋似的如釋重負了。

「說到就要做到。」羅莉說完，何碧蘭加上一句，「沒做到是小狗。」

「好啦，我知道了嘛。」

「范慈倩很久沒來我們家玩，妳們吵架了啊？」羅軒疆問。

「哪有吵架？」

「沒吵架，那她怎麼好久都沒來了？」

「對喔，很久沒聽妳說起她家小弟弟，多大了？」不知怎的何碧蘭居然問起范慈倩家的小弟。

「最近范慈倩都沒空來。」羅蔓答非所問後，低頭繼續扒飯。

「要照顧她弟弟喔？」

「哎呀，沒空來就是要照顧弟弟，媽，妳也很會連呢，她最好是還有弟弟可以照顧。」最後那一句話羅蔓只是脫口而出，但卻引出其他家人狐疑的眼神。

「呃？」大家都不解。

「好了啦，吃飯。」羅軒疆先安撫了一下，接下去又問羅蔓，「那范慈倩找妳做什麼？」

羅軒疆隨口一問，引起羅蔓大不爽，乾脆把碗筷都放下，一副要說就說個仔細：

「范慈倩要我明天幫她向老師請假。」

「她生病了啊？」

「不是她，是她媽媽。」

「范慈倩媽媽生什麼病？」

「她媽媽沒生什麼病啦。」

「咦？妳剛剛不是說她媽媽……」何碧蘭實在搞不懂羅蔓說些什麼。

「小蔓，范慈倩媽媽到底怎麼了？」

「范媽媽太想小茲青了啦……」

「幹嘛呀？范媽媽還會害相思喔？想兒子不會去外婆家看啊？」羅莉無心的嘟囔一句，卻遭來羅蔓白眼。

「姊，妳真沒同情心呢，范慈倩的弟弟就是再也回不來了，所以她媽媽才會想得快崩潰了。」

「呃？為什麼范慈倩的弟弟就是再也回不來了？她弟弟怎樣了？」何碧蘭想起范慈倩到家裡來時曾經說起她的小弟弟，那時還說得口沫橫飛天花亂墜。

「范媽媽不是都要到范爸爸公司上班，所以范慈倩的弟弟一直都是住在外婆家，平常都是外婆在照顧……」

「這我們知道啊，那又怎樣？」何碧蘭打了岔，馬上遭到羅莉抗議，「媽，妳別打岔，小蔓，講重點。」

「上上上星期五范慈倩外婆忙著煮晚飯，沒注意到小弟弟跑出去玩，等到要吃晚飯時都沒看見才出去找，鄰居也幫忙找了好久都沒找到，第二天天亮後，才發現小弟弟溺死在屋前的大水塘。」

「啊，怎麼會這樣啊？好可憐喔！」何碧蘭以同是媽媽的心情去感受，眼眶不禁都濕了起來，「這小孩真可憐。」

「范慈倩的弟弟多大了？」羅軒疆也關心。

「四歲多了。」

「才四歲多，好可憐喔，這個年紀最需要媽媽陪著呢。」何碧蘭又哽咽說了。

「媽媽，妳陪我。」

好輕好輕的聲音飄進何碧蘭耳朵，何碧蘭左右看了看兩個女兒，開口道：「我都嘛一直陪著妳們啊。」

呃？羅莉、羅蔓兩姊妹聽得是一頭霧水，面面相覷了一會，連羅家爸爸也覺得他老婆這話說得太詭異了，無緣無故突然開口說這話。

「欸，老婆，妳怎麼了？」

「沒怎麼，孩子說要媽媽陪啊。」

「什麼嘛？我們哪有開口？」

「呃？沒有開口？妳們兩個人不是有人剛剛說了『媽媽，妳陪我』？」何碧蘭發出疑問。

「哪有？」

「有啊，我聽得一清二楚的。」

「有嗎？有人說話嗎？」羅蔓心裡起了一陣疑。

「那會是誰在說話？」何碧蘭想起那個她午睡醒來時在身旁拉她的小孩，「是他嗎？」

「誰啊？」羅蔓不解。

這時羅莉卻是嚷了一聲：「見鬼囉！」

「大姊姊好兇喔！」

又是一陣輕如棉絮軟忽忽的聲音，跳進何碧蘭耳朵。

「啊？小莉，不要兇嘛！嚇到他了。」

「什麼啦？」

「嚇到誰？」

沒人明白何碧蘭突然冒出來的這句。

羅軒疆也感覺詭譎，但現在是吃飯時間，還是先吃飽飯再說吧，搞不好老婆就是整天沒吃東西餓過頭發昏了。

「好了好了，沒什麼事的，也沒有人說話啦，吃飯，大家快吃飯。」

羅軒疆下令了，母女三人才又端起飯碗扒飯，只是何碧蘭才扒了幾口，就又若有所思的停了下來。

「范慈倩的弟弟，是不是就是媽媽見過那個……小小瘦瘦的那個？」

「對啦，范慈倩家只有那一個弟弟。」

「喔，那他……不就再也回不來和范慈倩他們一起吃飯了？好可憐喔。」何碧蘭再次強調可憐。

「我和你們一起吃。」又是一陣輕煙似的語音飄來。

「呃？」

何碧蘭轉頭看看，兩個女兒忙著扒飯吃菜，口裡根本是塞得滿滿的，不會是她們兩個說的。再看對面的老公，筷子剛送進嘴裡，也不會是他才對，況且老公已經年過四十五，不會是那種稚嫩的兒童音調。

那麼，會是誰？范慈倩的弟弟嗎？可憐的小孩，活著的時候沒能常和自己的爸媽在一起，現在會到哪裡去了呢？如果他真來到我家，我會好好疼他的。何碧蘭滿懷慈愛，不自覺的便開口招呼起來。

「你肚子餓了喔？來，一起來吃。我夾給你。」

何碧蘭對著空氣正經的說著，並且夾了塊肉舉向空中，這舉動立刻將其他三個父女嚇得怔住了。

媽媽到底在幹什麼？

我老婆究竟是怎樣了？

餐桌上的氣氛詭異得讓人汗毛直立，父女三人沒半個搞懂這家女主人出了什麼事，好端端的一家人共進晚餐，也不過羅蔓接了范慈倩的電話，就馬上有精靈進駐了嗎？

羅軒疆擔憂的是同情心氾濫的老婆，會不會是聽了羅蔓說了范慈倩家的事之後，開始憑空發揮她的超級愛心，要把偉大的愛心，加諸在范家那個與人間無緣的小男孩。

羅莉則是在驚嚇之餘，方寸盡失，她不知道該視老媽的行為為無聊，還是真要相信媽媽卡到陰了？但回想起柯雪碧提過的事，這個屋子該不會真被外靈入侵了？

三人中只有羅蔓試圖冷靜去理出一條思路，如果真有媽媽說的要人陪的小孩，或許真的就是小茲青，唯一的可能，就是最初自己無心帶回來的，范家為小茲青準備的祭品——那一顆多出來的巧克力。

此時看見媽媽異於平常的舉止，羅蔓胸中波濤洶湧，幾分愧疚中帶著不可思議，區區一顆巧克力，當真會有如此之大的靈異？如果當初帶回家的巧克力，沒被媽媽吞下肚裡，是不是就不會發生這些事了？

現在該怎麼辦呢？

多出的巧克力已經被媽媽吞下肚子，她還能為媽媽做什麼彌補動作？

羅蔓更憂心的是，媽媽會不會因此而像電影所演的那樣陷入瘋狂？

羅蔓緊皺雙眉，完全沒了頭緒。

但羅蔓隨即也心開意解了，小茲青是那麼可愛的小孩，如果真是他來了，他絕對不會傷害媽媽，媽媽此刻不是陶然其中嗎？

羅軒疆則是看著近幾日頻頻出現異常行為的老婆，此刻一副陶醉在自己慈母的幻境裡，帶著慈愛笑容向空氣招呼，還煞有其事似的。同桌的兩個女兒，一個則是驚慌失措，另一個的神情則先是痛苦懊惱，隨後便又豁然開朗了。

這到底是怎樣了？

因為即將到來的七月嗎？還是地球環境大變後，人也跟著容易失常？

呸呸……羅軒疆拍了自己腦袋一下，企圖讓自己鎮定下來，他是一家之主，一定要保持在最清醒的狀態。

好不容易，等羅莉的神色也安定了一些後，羅軒疆像什麼事都不曾發生過的，體貼的夾了一塊蔥油雞遞向何碧蘭碗裡。

「老婆，這個家辛苦妳了，來，這塊慰勞妳。」

「呵呵……謝謝啊。」

女主人吃吃的笑，有癡傻的現象，男主人心裡那塊石頭又更往下壓了一吋，該不會是老婆真的精神出狀況了？偏偏羅莉不懂此刻該體貼爸媽，還以為一切恢復正常，她開口就發飆：

「媽，妳不要嚇死人喔，這裡除了我們家四個人，又沒別人了。」

「有啊，除了我們，還有一個小孩……」

羅軒疆一聽這話，剛才揪成八字的眉，不費吹灰之力就捲曲成兩條互瞪的毛毛蟲。

「媽……妳也幫個忙，我和姊姊、爸爸都沒瞎呢，家裡哪有什麼小孩？」羅蔓強調的是眼見為憑。

「真的有個小孩，他說要和我們一起吃飯。」

「媽，妳別搞些怪力亂神的說法出來，如果真有小孩，那他在哪裡？」

「他在哪裡？對喔。」何碧蘭轉頭四處望了望，也沒看見什麼影像，乾脆大方發出邀請：「小朋友，你在哪裡？要吃飯就出來啊。」

室內靜悄悄的，一點聲音也沒有，連先前何碧蘭聽得見的輕飄飄的聲音也不再出現。

呃？難道是自己幻聽了嗎？

何碧蘭失神的愣住，這一家三個父女莫名的緊張又再度升高起來了，彼此對看，手足無措。

他們都很擔心，害怕一家人的生活從此永無寧日。

不行，好不容易組織的家庭，不能因為一顆多出來的巧克力就渙散，我一定要堅強，羅軒疆對著自己如此加油打氣。

面對這種情形，羅軒疆努力壓抑自己內心的慌張恐懼，他首先對兩個女兒明白指示：「妳們媽媽啊，是超級有愛心的人，她聽到范慈倩的弟弟發生這樣不幸的事，以她一個當媽媽的心情來想，她當然會難以承受這種喪子之痛……」

「可是，爸爸，那是范慈倩的弟弟，又不是我們家的。」羅莉搶白說道。

被羅莉這麼一說，羅軒疆也想到，是啊，那是范家的小孩，又不是我家的，聽到這個消息固然是替他們難過，太太這個樣已經夠讓他傷腦筋了，怎麼自己剛剛話也講得像是自己家的事？

難不成擴散作用發生了？不行不行，他硬著頭皮趕緊自圓其說。

「嗯……沒錯，這事是發生在范慈倩家，但是將心比心嘛，做人就得這樣……感同身受，才體會得出人家那種喪子之痛。」

「對，感同身受，將心比心，老公，你說得真好。」

何碧蘭突然回神過來，精神奕奕的說了這句，又是一次她讓家人回應不過來的行為。

羅軒疆抓住機會趕快繼續未說完的話：「老婆，妳不要想太多，范慈倩的弟弟那麼小就活不了是很可憐沒錯，不過這也已成事實，妳再難過，也改變不了這個事實，所以妳不要想太多，范小弟已經上天堂去了，他現在是天使，會去找個好爸爸好媽媽投胎的，妳不要難過喔。」

「喔喔，我知道，他現在是天上的天使，要去找好爸爸好媽媽投胎。」說完何碧蘭專心吃飯，再也不理會其他人。

「媽媽這樣子要不要去看醫生啊？」

趁著何碧蘭進浴室洗澡時，羅家父女三人在羅莉房裡開起家庭會議。羅莉先問爸爸，羅軒疆遲疑了一下，開口說：「嗯……我看我們先再觀察觀察，每個人都找時間多陪陪媽媽，讓她沒時間胡思亂想。」

「可是，爸，我國中了，每天課多得像鬼一樣……」

羅莉話還沒說完，就被羅軒疆打斷：「就是妳們老把『鬼』掛在嘴巴上，時間過得很快，鬼月很快就到，妳們就是整天鬼鬼鬼的不停，難怪你媽會有這些幻覺。」

「那是姊說的，我可沒說唷。」

「別想撇清，平常妳也是鬼鬼鬼的鬼個不停。」

「欸，爸，現在是你說了最多個鬼字喔。」羅蔓吐她老爸的嘈，結果是換來被巴了一個頭，不過是輕輕的巴一下，三個人也因此都笑了。

「好啦，別再耍嘴皮，我是說媽媽這情形也才發生幾天，我們再多觀察，多陪她就是了。」

「爸，你這樣有點鴕鳥喔，媽媽已經有反常現象，應該要趕快就醫才對嘛，不然越來越嚴重，瘋了怎麼辦？」羅莉說得是誇大了些。

「呸呸，妳媽才不會瘋咧，她只是心疼范慈倩的弟弟……」

「才不咧，媽今天才知道范慈倩弟弟的事，可是她前兩天已經有狀況了呢，爸，你企圖粉飾太平。」羅莉把剛學會的成語搬出來，也不知道用對時候了沒？

說的也是，羅軒疆垂下頭來深思，何碧蘭真的是精神出現狀況了嗎？之前她雖然敏感了一點，但也不曾有過如此異狀發生，可是最近這些天她的反常叫人擔心，該不會真是巧克力惹的禍吧？

羅軒疆才心有所感的想到巧克力，羅蔓就說出：

「媽才不會怎樣咧，她只是吃了多出來的一顆巧克力，就那顆被妳鬼叫成靈異巧克力，她是被妳嚇到了啦。」

經羅蔓這一提起，大家都想起近二十天前的事，還真是從那之後媽媽就怪怪的了。羅莉當然不願承擔羅蔓所指責的事情，「那……那本來就是多出來的靈異巧克力嘛，不然妳說，我桌上怎麼會平白無故的多一顆巧克力。」

被羅莉這麼反彈回來，羅蔓煞時不知如何回應，她臉上一陣白一陣紫，內心裡掙扎著該怎麼說明那顆多出的巧克力。說了，不就自己招認；不說，眼前家裡又好像籠罩在不可知的詭譎氣氛下。

怎麼辦？那是媽媽呢，儘管是稍微偏心的媽媽，但整體來說還是不錯的媽媽，羅蔓可不願意真有什麼不好事情發生在媽媽身上。

說不定真像爸爸說的，媽媽真的是太寂寞了，才會容易被生靈侵入，一定要讓媽媽有足夠的溫暖。這樣一想，也覺得爸爸剛剛的建議還是不錯的。

「可是爸，你要上班，我和姊姊要上學，誰有空陪媽？」

已經盯著羅蔓半天的羅軒疆，在女兒說出這話時，明確感受到羅蔓對媽媽的關心帶點愧疚。

究竟羅蔓對她媽媽做過什麼事？儘管心裡狐疑，表面上羅軒疆裝作沒事的接下去說：「妳這麼說也是事實，那要怎麼辦呢？」

「別看我，我要拚進第一志願就不能不努力……」

「好啦好啦，知道妳要當女狀元啦。我陪媽媽啦。」

羅蔓話一出口，不只羅軒疆，連羅莉也訝異的張口結舌。這個平常桀驁不馴，老說媽媽偏心的羅蔓，卻是自告奮勇的要陪媽媽。她要怎麼陪？她一樣要上學啊！該不會是隨便說說，又來一個空嘴薄舌。

「妳也要上學啊，小蔓。」

「爸，我是小學生，成績又不怎樣，請幾天假嘛沒關係的。」

「這不行，該上學還是要去上學。」

「那媽怎麼辦？」

「什麼怎麼辦？」洗過澡的何碧蘭，從二樓尋聲找上三樓，到了羅莉房裡，便接下羅蔓的語尾。

「沒有啦，我們是……」

何碧蘭看著面前三個人閃閃爍爍的眼神，不需多想，也知道這三個父女有事瞞她。

「說，你們父女搞什麼名堂？怕我知道？」

「哪有搞什麼名堂，我們和爸只是在……」

羅軒疆深怕孩子無法衡量事情的輕重，不了解她們媽媽那顆敏感容易受傷的心，萬一說出口的話刺傷了媽媽，恐怕是會把狀況搞得更混亂，所以他搶在羅莉話還未完之前說出：「我們……我們只是在討論……研究前些天羅莉房裡多出來的那顆巧克力啦。」

「對啦對啦，討論巧克力。」兩個女兒也口徑一致。

何碧蘭雖然狐疑這三個人的說詞，但是那討論多出來那顆巧克力的話題，實在是很吸引人，她也就一屁股坐下羅莉的床，「好耶好耶，那就大家一起來討論吧。」

「明天吧，現在晚了，睡覺、睡覺。」羅軒疆拉起剛坐下的何碧蘭，下了就寢命令。

「是的。」

「遵命。」

羅莉、羅蔓兩姊妹瘋癲演出，很快各站在自己房門口，向著聯袂要踏下樓梯的羅氏夫婦鞠躬作揖，並且有志一同的說出口號。

「歡送長官，長官晚安，大家晚安。」

隨後各自噗哧作鳥獸散。

家，是甜蜜的，當無法身歷其中享受時，感觸特別多。

羅氏一家人笑鬧畫面，總讓飄浮空氣裡的小精靈看進眼裡，羨慕極了。他一直都沒有像這樣的幸福感受，在他還是范小弟弟的時候，除了有外婆很疼他之外，他沒特別享受過媽媽、爸爸和姊姊的疼愛，他們都只是偶爾去外婆家的時候才抱抱他、和他說說話而已，或是外婆帶著他回到自己的家，才有幾天少少的快樂，因為爸媽忙著工作，姊姊也要上學。

他一直想要的就是像這一家一樣，每天每個人都可以見見面、說說話、笑一笑。

但是，現在的他雖然在這個屋子裡，卻是也只能旁觀，根本沒辦法融入他們四個人之中。就算他嘗試要跳進他們中間，和他們一起玩，也只是他跳進跳出，自己一個忙得團團轉，其他人完全都沒有知覺，感受不到他的存在。這家媽媽和姊姊揮出的拳根本也感覺不到他，甚至還能穿透他的身體呢。

小小精靈好鬱卒喔，他也想要擁有這些家人之間的歡樂。

小精靈站定就往何碧蘭耳朵用力大大吹了一口氣，何碧蘭全身震了一下，不過瞬間，神經好像一條條又回到她的身體，也就漸漸要止住笑聲。

小精靈輪流在羅軒疆、羅莉和羅蔓耳邊吹氣，可是都起不了作用，看起來是媽媽的心比較能進入。

小精靈決定了，從現在開始，他要全心全力繞著這家媽媽身旁轉，只要成功進駐媽媽的心，其他就好辦了。

5　一場惡作劇

為了一顆多出來的巧克力，羅家人慎重其事坐下來開會，而且還全家難得的週日共進早餐，餐後仍然坐定餐廳進行昨晚未完討論，這個舉動羨慕死跟著下樓的小精靈。

踏著階梯而下時，羅蔓心裡已經做好了準備，昨夜裡輾轉反側，或許該是說出羅莉桌上多出一顆巧克力，是她做下惡作劇的時候了。

前幾天，在學校心血來潮問了范慈倩，「妳家小茲青有沒有回家看看？」

范慈倩當下的反應，是彷彿看見外星人似的，瞪著羅蔓看，好半天才開口說了：「外婆說弟弟一定會去找一對好爸媽投胎，小茲青當我爸媽的小孩時，我爸媽也沒陪過他幾天，外婆說他總是吵著要爸爸、媽媽，小茲青過得並不快樂，妳說他會想回家看看嗎？」

這話讓羅蔓無言，正不知該如何回應時，少根筋的李紫嫻靠上來冒出一句：「妳們說誰想回家看看？拜託，有這麼想家嗎？現在才第二節下課，又不是離家多久了？妳們兩個啊，也太黏家了吧？」

「李仔鹹，我們在說什麼妳又不知道，一上來就說這些有的沒的。」羅蔓白了李紫嫻一眼，「妳啊，沒說話人家不會當妳是啞巴。」

羅蔓音量不小，周邊幾個同學聽見了，紛紛揶揄李紫嫻。

「李仔鹹太鹹了，人家不愛啦！」

「李仔鹹靜靜等人買，不要自己跳出來，惹人嫌。」

「李仔鹹妳沒搞清楚啊，李仔鹹本來就不會說話的，妳要記得當啞巴就好。」

「……」

李紫嫻抓了抓自己的馬尾，露出一副「怎麼成了這樣」的無奈神情。羅蔓也覺得自己對李紫嫻太兇了，害得她被同學的酸言酸語醬得真要成了「李仔鹹」了。

有道是為了朋友兩肋插刀在所不辭，羅蔓不能任由同學取笑她的麻吉。

「是我在跟李紫嫻說話，干你們什麼事？」羅蔓雙手叉腰架式十足。

「哎唷，『鱸鰻』（臺語流氓）來了，我怕怕……」

羅蔓倒是不在意同學給她娶了這個綽號，有時暗地裡反而感謝有這個外號，讓不認識的人聽著也懼怕三分。

范慈倩當時那個「小茲青會找一對好爸媽投胎」的說法，讓羅蔓甚是詫異，想著的是小孩子夭折後會很快進入下一世嗎？那時壓根沒將小茲青，和現在媽媽感應到小孩子和她對話的情形做連結。

媽媽感應到的小孩真是小茲青嗎？羅蔓心裡百轉千迴。

大家都坐好後，何碧蘭還給每個人都倒了一杯果汁，順便又問了：「除了果汁，還想吃什麼？」

「還有巧克力嗎？」不必猜也知道這是嗜吃巧克力的羅莉開的口。

「妳真是罹患了巧克力上癮症哪？」

「要問人家想吃什麼，還不許人家吃巧克力！」羅莉小抱怨了一下。

「媽只是這樣說而已，又沒說不給吃。」媽媽勉強動了身體一下。

「那就拿來啊。」

「可是家裡沒巧克力了。」

「那還問人家，妳要我啊？媽。」

「只會一直吵要吃巧克力，拜託妳，羅莉，妳又不是三歲小孩，一直吵，爸怎麼分析。」羅蔓開口說。

「我分析？」

羅軒疆指著自己鼻子，完全無法理解，剛剛在樓上是她們三個母女說要下樓討論巧克力，怎麼這時變成是他分析了？

算了，誰教他是一家之主，既然是「主」，就要承擔主持的責任。

「好好，妳們都安靜不要吵，我要開始分析了喔。這巧克力啊，不會憑空多出來，背後一定有原因，至於原因嘛，根據我推論，它會多出來應該是有五種可能……」

「五種可能？」三個女人像九官鳥一樣跟著重複說一次。

「對，五種可能。這第一種呢，就是，像單細胞生物草履蟲那樣自己會生出來……」

羅軒疆還沒完全想好說詞之前，硬是掰出一種說法，這說法連他自己聽了都覺得太扯了，更何況是別人。他還沒完全說完第一種可能，就瞧見老婆女兒送出難看的臉色，只好哈哈兩聲趕快轉變說法，「嘿嘿……不過因為巧克力是非生物，它當然就不可能是草履蟲囉，所以第一種可能，就是不可能。」

還好他閃得快，不然一定會引來羅家女子黨的圍剿。

「爸，你真無聊呢。」

「是啊，以為隨便掰個單細胞分裂就想唬住我們，哼，門兒都沒有。」羅莉由鼻孔大哼一口氣，「連窗戶也沒有。」

「喔，好啦好啦，沒門沒窗戶。」何碧蘭比較心急要知道她老公的分析，「那第二種可能是什麼？」

「這第二種可能是……」

羅軒疆趁著停下來喝口果汁的時候，順便讓腦袋思索一下，該怎麼讓家裡這三個女人對他的分析心服口服。他也不過才停下來一下下，屋子裡的三個女人就聯手催促起來，「爸，你快點說嘛。」

「你快一點啦，爸爸。」

「快啦，還在蘑菇什麼？」

「好啦，我知道要快嘛……」羅軒疆嚥了一口口水繼續說道：「第二種可能就是那天媽媽吃下去的那一顆是另一盒的，和我買給羅莉的那一盒不相關。」

「呃？」母女三人同時發出疑問。

何碧蘭想的是，不是羅莉那一盒，那會是哪一盒？

羅莉則是很確信自己，巧克力向來都是拆封過後，趁新鮮一兩天內很快吃完，不留半點餘孽，所以現在爸爸推測的另一盒是哪一盒，這就很有問題了。

羅蔓則是猛點頭，彷彿她是最認同爸爸的說法，多出來那顆肯定是另一盒的。但她這反應看在羅莉和爸爸眼裡，都有一種說不出來的詭異。

「妳點什麼頭啊？」

「我同意爸的看法嘛，不行喔？」

「不可能，我房裡總共就一盒爸爸在那之前出差買回來的，沒第二盒了。」羅莉語氣堅定。

「不會是上回剩下的？」羅軒疆問。

「爸……你上次買巧克力給我，是在四個月以前呢，我有可能放那麼久還沒解決嗎？」

「說的也是喔。」羅軒疆也對羅莉的說法表示同意，他知道這個大女兒從小就喜歡吃巧克力，已經是嗜吃巧克力到癡迷的地步了，不可能放著巧克力當樣品純觀賞，她是一定要把巧克力放在肚子裡才有安全感的人。

「我也確信那不是上次剩下來的。」何碧蘭也加入意見。

「妳怎麼那麼有把握？」

「因為吃起來滋味真好，應該是新鮮貨。」

「喔，妳還真愛吃呢。」羅軒疆嚷了一句。

「什麼，你說我什麼？」雙手叉腰，咄咄逼人。

眼看何碧蘭快發作成母夜叉，羅軒疆趕緊陪罪示好，硬是把剛才自己說的話轉了個大彎。

「沒有啦，我說妳吃得好，把巧克力的好滋味吃出來了。」

「呵呵呵……爸爸怕老婆，呵呵呵……」羅蔓一旁虧她老爸。

「妳懂什麼？疼某大丈夫呢。」羅莉替老爸伸冤。

羅軒疆知道這兩個女兒素來愛鬥嘴，為了避免因此衍生出又得耗費他的時間精神來排解問題，他趕緊把話題繞回到剛剛談到的五種可能上頭。

「所以，這一種可能也破局了，那就是另外第三種可能囉。」

「哪種可能？」

「趕快說嘛，幹嘛故弄玄虛？你學誰啊？」何碧蘭激著老公。

「誰學誰？這第三種可能是……妳們的幻覺。」

「呃？幻覺？」母女三人齊聲說。

「也就是說根本沒多出來的巧克力，是你們的幻覺以為有那一顆巧克力。」

「有幻覺的是媽媽和羅莉，我從來都沒說我看到多出來的巧克力喔。」羅蔓極力撇清。

「嗯，是嗎？是我的幻覺嗎？」何碧蘭傻愣住，如果真是幻覺，那怎麼會有拿在手裡真實的觸覺？還有她也想到小孩子的說話聲，難道這一切都不是真實的，都只是自己憑空想像出來的？那吃進嘴裡的又是什麼？幻覺，也能吃嗎？

「明明有多出來的一顆，不是我們的幻覺啦。」羅莉態度堅決。

「是這樣的喔？」何碧蘭還是傻愣愣的。

「嗯啊，不然你吃下去的是什麼？」

「喔，對喔，幻覺，不能吃吧？所以結論是這種的可能很低。」何碧蘭這時清醒一點，也自己否定了這種推測的結論。

「媽，不是很低，是根本不可能。」羅莉還是堅決的態度。

「好吧，這第三種可能也被妳們推翻，接下來就要說說第四種可能了，那就是……」就是什麼，連羅軒疆自己也不知道，他已經想不出來還可以說什麼，這個時候有點後悔剛剛話說得太快，一口氣說了五種可能，現在可就苦了自己了。

「就是什麼？」三個女生一齊發問。

「是……巧克力自己走來我們家啦，呵呵……」

羅軒疆自己說完，也覺得這個說法超扯超荒謬，他自己禁不住先哈哈大笑，這大約是本世紀最荒謬的笑話，少不得引來妻子女兒一陣搥打。

「厚，老公，你耍我們……」

「爸爸人很差呢，當我們是傻瓜。」

「爸爸簡直是胡說八道嘛！」

三個女生六隻手軟綿無力的粉拳，雨點般落在羅軒疆身上，每個人都只當是生活調劑一般，全家人玩在一起的興味，此刻凌駕在推論多餘巧克力的神傷之上。也教小精靈看得眼眶泛熱，可是沒有人看得見他熱淚盈眶。

「你發神經啊？如果巧克力會自己走路來我們家，那我都可以騰雲駕霧了。」何碧蘭再推羅軒疆一把，自己還是難忍笑意的呵呵笑著。

「爸爸，這是哪門子的第四種可能，根本是話唬爛。」

羅蔓口出低俗之語，彷彿一劑冷凍劑，立時凝結了原本的滿室笑聲，一家人無不對羅蔓的口出穢語都傻了眼。

「呃？妳說什麼？小蔓。」羅軒疆的口氣還好，他知道這個三字訣，是叛逆期的孩子都會說的語詞，只不過他還是不希望羅蔓也學會了。

「妳是女生呢，小蔓，怎麼可以說這些髒話？」

做媽媽的何碧蘭反應就激烈了些，她的認知裡，女生除了言行舉止要端莊優雅，更重要的是不能口出低俗語言。

「我還臺中咧，什麼彰化？」羅蔓還是耍嘴皮。

「什麼臺中彰化？」媽媽的反應不足以應付腦筋急轉彎。

「喔，媽，妳少驢了啦！」羅蔓大而化之個性表露無遺。

「小蔓，注意優雅是女孩子必要的喔。」爸爸點出重點了。

「她哪像女生？」羅莉一旁加油添醋。

「我像不像女生關妳什麼事？要妳多操心。」

「呃？這就是妳不對了喔？小蔓，姊姊這麼說是……」

看來何碧蘭要開始一篇訓話，羅軒疆怎會不清楚他的老婆，如果讓她開口「教導」女兒，那一定是長篇大論，通常女兒都會向他發出求援的目光。看來這時得制止老婆，為了讓老婆免開她的尊口，羅軒疆趕緊把剛剛靈光一閃，最具關鍵的想法說出來。
「好好，我們接下去說巧克力的可能，這第五種可能，也是最有可能的可能。」
「什麼是最有可能的可能？」
「就是有人惡作劇，放進一顆巧克力。」
羅軒疆說時眼睛直勾勾看著羅蔓，依他一路的觀察推測，這顆讓家裡這些天不得安寧的巧克力，絕對和小蔓脫離不了關係。
羅軒疆這話剛說完，羅莉忽然想起之前和雪蓮阿姨的對話。
家裡多了一顆巧克力，以及包裝紙上有紅點的事，羅莉已在電話中跟雪蓮阿姨提過，當時雪蓮阿姨直接就判斷可能有人惡作劇。
「應該是有人在妳進廁所時，把那顆巧克力放在妳桌上的。」
「不會吧，家裡又沒別人。」羅莉回答這句時背後還一陣寒。
「妳想想看，誰能在這麼短的時間跑到妳房間？」
「雪蓮阿姨妳說是羅蔓嗎？」
「我沒這樣說喔，但妳可以從事情各個面向去抽絲剝繭……」

那次和雪蓮阿姨的談話，因為阿姨家兩個月大的小蘇適哭了，阿姨得去哄小寶寶，羅莉不得不掛斷電話。羅莉是也依著雪蓮阿姨的推論懷疑過羅蔓，但她從羅蔓的反應看不出蛛絲馬跡，再因忙著功課的事也就不了了之，現在是因為媽媽的反常，巧克力再被提起，也才有這場討論分析。

其實，羅蔓在聽見羅軒疆說出最後一種可能的時候，心裡早已OS了，「完了，完了，該來的一定會來的，還真的是法網恢恢疏而不漏呢。老爸大概已經猜出是我搞的鬼。」羅蔓臉色頓時也由平靜轉變成驚訝，而這一切只有羅軒疆看出來。

只有何碧蘭聽了丈夫的推論，輪流和其他三人面面相覷了好一會，她完全無法領會「有人惡作劇」這句話代表的意思。

「有人惡作劇？」何碧蘭開口問。

「對，有人惡作劇。」羅軒疆看來是胸有成竹。

一時間氣氛變得異常詭譎，比開封府包公審案還陰森。

何碧蘭不能明白，如果有人惡作劇，那到底是什麼人呢？又為什麼要這麼做？目的何在？

哦？難不成是……

因為爸爸的推論，再聯想起雪蓮阿姨的說法，羅莉立即想到向來愛和她爭寵的羅蔓，下意識便怒目向她。羅蔓臉上的神情則是對她老爸至感佩服，居然能一語就道破，點出有人惡作劇。而何碧蘭也看出了羅蔓的神情，和羅莉的詫異截然不同，心裡漸漸浮起一種揣測，於是開口試探著：「羅蔓，妳想……」

「好啦，媽，妳不必拐著彎問，我承認是我惡作劇，是我偷偷放了一顆巧克力。那天我趁羅莉上廁所的時候跑進她房間，我本來只是想讓她房間長螞蟻，誰知道她正好拆巧克力要吃，我就把范慈倩給我的那一顆塞進巧克力盒裡，我只是做了這動作，我哪知她會大驚小怪成那樣，啊我也不知道你們大家就開始繪聲繪影說家裡有靈異……」

羅莉沒等羅蔓說完，就怒氣沖沖的開罵：「吼，妳知道嗎？就是妳這小小的動作，搞得我們家天下大亂，妳，羅蔓，禍國殃民，兇手。」

有這麼嚴重嗎？

羅軒疆夫妻瞪大眼珠看著羅莉對羅蔓的指控，這罪名好像誇張了點，不過是一場惡作劇，羅蔓怎就成了禍國殃民的兇手了？夫妻兩人不約而同張嘴要聲援羅蔓，可人家羅蔓就先自力救濟了。

「拜託，羅莉，才一顆巧克力而已，罪名有這麼大嗎？還天下大亂、禍國殃民、兇手？」

說的也是，羅莉盛怒之下口無遮攔，此刻經羅蔓這一質疑，再看見爸媽一臉愕然，想來自己是誇大其辭了，也就癟癟嘴沒再多說什麼了。

羅氏夫婦都看得出來羅莉氣勢減弱了，兩人方才提在心口的氣也漸漸匀稱下來。羅軒疆沒搶得先機，反倒讓何碧蘭拔得發問的頭籌。

「小蔓，說，妳為什麼要這麼做？」

「嚇嚇羅莉啊！」

「媽媽平常怎麼教妳的？」

「誰教她平常自以為成績好，就那麼囂張。」

「這什麼理由，自己蠢，書讀不來就嫉妒人家，妳這什麼心態啊？」

羅莉仗著一個理字，不知不覺又張牙舞爪了起來，看在羅軒疆夫妻眼裡，真是憂心忡忡啊！

如果書讀得還不錯，成績頂尖，可是相對卻目中無人，或自以為高人一等，待人皆以睥睨群倫的姿態，這樣還是福嗎？羅軒疆夫妻倆對望一眼，彼此傳達了「遺憾、了然」的眼神，這片刻之間他們都意識到，過去過度稱讚羅莉，以致造成她以成績鄙視羅蔓的心態，是大錯特錯了。

「小莉啊，爸爸不是講過，不可以用負面的、鄙視的字眼說別人，妳怎麼可以對小蔓用『蠢』這個字呢？」

羅軒疆難得的嚴肅，三個女人頓時正襟危坐了起來，不過羅莉仍想來個恃寵而驕，「可是，爸，小蔓她就真的……」

「小莉。」這一聲夠鏗鏘有力，震得羅莉趕忙閉了嘴。

「我常說，一個人再怎麼樣都有他的優點，看人要看優點，優點不等於成績，懂嗎？書讀得好的人，如果做人道理都不懂，那就像阿嬤常說的『讀冊，讀佇尻脊骿』（嘲諷人讀死書，食古不化）。這樣書讀得再多再好有用嗎？」

羅莉噘著嘴頗是不以為然。

一時片刻要讓這長期擁有好成績，且多人稱讚的女兒心服口服，羅軒疆心裡也有數，那是不可能的。不過他倒是在心裡做下決定，從今日開始，要好好扭轉羅莉過度膜拜成績的心理，和仗勢成績優異的偏差態度。

不過這時更重要的事還沒解決，還是先回到該解決的事情上吧。

「那范慈倩幹什麼給妳巧克力？還只給一顆？有賣一顆巧克力的嗎？」羅軒疆印象裡好像不曾見過一顆包裝的金莎巧克力。

「鬼咧，誰那麼神經會去買一顆而已，那是范慈倩家幫她弟弟準備的祭品，她帶到學校請我們大家吃。」

「什麼？那是……」羅莉聲量之大，都快震破樓板。「也就是說那顆巧克力是拜過范慈倩弟弟的？」

「對啦，又怎樣？」羅蔓對巧克力是不是拜過范慈倩的弟弟，不認為有什麼奇怪。

「所以說范慈倩的弟弟吃過那顆巧克力？」羅莉似是偵探查案一般推理。

「嗯，我也不知道范慈倩弟弟有沒有吃……」羅蔓說著說著幾分茫然，小茲青已經往生，他吃得到嗎？

「笨蛋，拜過他的，就一定吃過了嘛。」

「小莉，爸爸剛剛才說過，妳又用這種字眼。」

「喔，爸，你自己看嘛，小蔓就是笨嘛。」

「小莉……」

羅軒疆再嚴肅喊了一聲，羅莉只好嘟嘴不說話了。

「小茲青沒有吃那巧克力啦，它還整顆好好的，又沒缺口。」直率的羅蔓倒是再開口了。

「妳真得很呆呢，死去的人他們只是吸食物的氣息，連這個都不知道，真是夠呆了。」羅莉忍不住又批評了羅蔓。

這次羅軒疆只是以眼神訓誡了大女兒，因為啊，他發現他這個小四的小女兒還真不是普通的單純。

「對啦，范小弟沒吃，是我吃的，巧克力真的是我吃的。」沒見過像何碧蘭這種急著承認「人是她殺的」的兇手。

羅氏父女各自聳了聳肩，大有真是敗給她了的感嘆。

「我就說嘛，這幾天家裡的怪異，絕對事出有因，果不其然，就是那一顆拜過范茲倩弟弟的巧克力。」才國一的羅莉老氣橫秋的數落著。

貼在天花板上的小精靈，看了半天這家人的互動，感覺既自然又好玩，他巴不得趕快飄下來和他們一起玩。

羅家人的吵吵嚷嚷和小精靈的幻想，被一陣急響的門鈴聲打斷了，原來是雪蓮前幾日和羅莉電話聊過後，心裡總放著這件事。羅莉從羅蔓出生後被羅軒疆養成嗜吃巧克力的過程，蘇大維陪著她看得是一清二楚，她也曾經跟姊姊談過這事，無奈碧蘭不願意多花點心思正視孩子的心理問題，一逕的鄉愿想法。

「小蔓畢竟是小娃娃，我這個當媽的人本來就會多花心思照顧小蔓，小莉都四歲多了，她得學著懂事一些，再說大讓小也是應該的，咱們媽也是這樣教我們的，不是嗎？我從小也都這樣讓著妳和碧雪。」

「小莉這麼愛吃巧克力，是從巧克力尋找慰藉。」已經當媽的雪蓮對這事特有感。

「她不過是喜歡吃巧克力而已，巧克力又不會成了她的媽，妳別太擔心，沒事的。」

跟姊姊實在說不通，雪蓮也就不願多費唇舌，她想想倒不如她這個阿姨，多放點心思在羅莉這個外甥女身上。幾年下來，羅莉和她培養出超越了姨甥的朋友關係，大凡羅莉遇上什麼棘手的問題，第一個想到的便是找她這個阿姨商量。

幽靈巧克力克是件大事，星期日一早，一家四口早餐後便直奔羅莉家來了。

門未開之前，羅莉便直覺是雪蓮阿姨來了。

果然，雪蓮抱在懷裡的兩個多月大的蘇適，一進屋便是咯咯的笑個不停，何碧蘭以為小娃娃是瞧見她們家的四顆大頭八雙眼睛，才忍不住笑了。

「哎呀，小蘇適，你是看阿姨家人頭大眼睛大啊？」

「媽，人家蘇適迪迪在作詩！」羅蔓忽然冒出一句。

「嗄？」眾人皆矇了。

「妳有點學問好不好？阿姨家的蘇適是蘇適不是蘇軾。」

「哎呀，羅莉妳說什麼是蘇ㄕˋ不是蘇ㄕˋ？」何碧蘭說出了幾人的不解。

「人家蘇適迪迪的適是『舒適』的『適』，不是『蘇軾』的『軾』。」

「羅莉妳在念繞口令啊？」羅蔓說：「蘇適迪迪的適是『舒適』的『適』，不是『蘇軾』的『軾』。」

羅蔓的吐嘈點醒了羅莉，她換了個說法。

「人家蘇適迪迪的適是『適合』的適，妳可別以為是宋朝詩人蘇軾的『軾』。」

羅蔓識趣的閉嘴了，她可不想再跟羅莉討論這些，再多說下去不過是長了羅莉的威風，她才不做蠢蛋。

其實一屋子的人都不知道，小蘇適是被迎面而來的小精靈吸引了。

小精靈看到了兩個多月的蘇適，彷彿遇見同類，繞著他團團轉，蘇適見到漂浮空中的精靈，忽忽勾起之前神識，這些都是一旁的大人和姊姊們不懂的事，他兀自和精靈玩得咯咯笑著，兩隻手兩條腿也不得閒的動個不停。

蘇家客人來了，羅家四個人生生忘了原先討論的事。

四個大人你一言我一語，說的都是生活諸事。

羅莉和羅蔓忙著逗弄幼稚園大班的蘇芙。

「妳叫什麼名字？」

「我叫蘇芙。」

「舒服舒服真舒服喔！」羅蔓故意鬧著。

「我的蘇是蘇東坡的蘇，芙是芙蓉花的芙。」蘇芙鎮定應付，顯然父母有教。

「哇，好厲害喔，妳是芙蓉花，我是茉莉花唷！」羅莉感覺和蘇芙才像姊妹。

5　一場惡作劇

下卷　小精靈

據說每一個小娃娃都是小精靈來投胎。

不說精靈與人的微妙依存，含帶多少看不見的拉扯力量。就是人與人之間，父母與孩子的親子關係，兄弟姊妹的手足互動，更是一張織得細細密密的網，在在關係著一家人的動向，所謂牽一髮動全身，不就正是這個意思？

世間的事都有其前因後果，因為爸媽的無心，自此羅家兩姊妹彼此心生嫌隙。老二羅蔓始終認為爸媽唯成績是論，只疼姊姊一人；羅莉則自恃有優秀成績，常以高人一等之姿睥睨羅蔓。羅蔓長期在姊姊光環下生長，被壓得十分渺小，尤其爸媽常有意無意要她學習姊姊好學不倦的精神，她在倍感壓力之餘還試圖反叛。

一個偶然機會，羅蔓好友范慈倩年幼弟弟茲青意外溺斃，范家爸媽用巧克力祭拜愛子，祭禮之後，范慈倩將巧克力帶去學校和同學分享。羅蔓一時興起，想到姊姊嗜吃巧克力，何不帶回家小小捉弄姊姊一番？

沒想到陰錯陽差，也是巧克力愛食族的范家小弟弟，隨著巧克力被羅蔓帶回家，果然遂了羅蔓的願，讓羅莉驚嚇得花容失色。出乎羅蔓意料的是，她小小的惡作劇竟把整個家搞得從此人仰馬翻。

主要原因是，嗅著巧克力香氣飄進羅家的范小弟弟，看到羅家媽媽無微不至照顧孩子的情形，對照過往他前一世的人世生活，真的枉為人子。想他那時被全心衝刺事業的爸媽寄託在外婆家，與羅家姊妹日日沉浸氾濫母愛的情況，簡直天壤之別，羨慕心起當下便生一念。

如果再要投胎到人世，說什麼也要鑽入羅家這個媽媽的肚子裡。

精靈范小弟就因為著迷於何碧蘭深厚的母愛，於是開始發聲露臉纏住她，精靈范小弟無所不用其極，甚至還想著要纏到羅氏一家人都歡喜接納他，讓他再有機會擁有人身，看得見每天的日升月落，並大口呼吸新鮮空氣，快樂自在的過著。

精靈小弟弟將如何與羅軒彊以及羅莉、羅蔓兩姊妹互動？

會不會一切平順？

羅家父女會不會失神？

1　愛上這個家

「媽……」

「呃？誰是你媽？」睜著朦朧睡眼的何碧蘭一臉莫名其妙。

「妳是我媽呀。」

「你亂講，我不是你媽。」

「是啦，妳是我媽啦。」

「我不是，我不是……」

「妳是，妳是……」

「我的孩子是羅莉和羅蔓，沒有你。」

「會的，妳會生我的。」

「啊？」

「妳會把我生下來，妳就是我媽。」

「媽呀，我不要……」

何碧蘭翻身一手一腳重重壓在熟睡中羅軒疆的肚子上。

「唉唷，妳不要什麼？我才不要咧，妳壓到我肚子了。」

羅軒疆都已經出聲了，何碧蘭還沒要把手腳歸位，而且還一雙眼直勾勾的望向床尾，好像那兒有什麼吸引她注意的東西。

「欸，妳是怎麼了？躺好睡啊。」

「你……你看看，床尾那兒是不是站著一個小男孩？」

小男孩？床尾？剛剛他才瞟過一眼，明明什麼都沒有啊！

「你作夢了呀？這房裡唯一的男人是我，而且是四十好幾的熟男，哪來什麼小男孩？」

「沒有嗎？」

「沒有啊。」

「真的沒有？」

「真的沒有。」

何碧蘭緩緩將身體躺正，欸？真的沒有那個小男孩。

呼……是我作夢了嗎？何碧蘭也搞糊塗了。

自從因為好奇，附在巧克力上面，跟著羅蔓姊姊回到這個家之後，小精靈發現自己越來越喜歡這一家人。

那一天幸好是羅蔓姊姊的書包夠陰暗，自己就縮在一堆紙屑雜物之間。這才免除見光就會魂飛魄散的危機，來到這個家之後，實在是太喜歡了，從沒有一刻想要離開。這家裡的兩個姊姊雖喜歡在爸媽面前較勁爭寵，但他其實看得出來她們兩個的心地都很善良，他常常在她們睡覺時，偷聽到她們說的夢話，其實她們都很關心對方。

可是為什麼羅蔓姊姊都喜歡挑釁大姊姊？她們可以面對面說話、吵架；可以在一起看電視、吃飯；可以擁有愛她們的爸爸、媽媽，這不是每個人都能享有的呢。

以前，他自己是住在鄉下外婆家，他想要每天和爸爸、媽媽、姊姊一起吃一起玩，卻是都不能如願。外婆每次都跟他說：「小茲青乖，等你要上小學的時候，你媽媽就會帶你回家了。」

他會傻傻問外婆，「我什麼時候上小學？」

「快了、快了，再過幾年。」

再過幾年，現在對他來講有什麼意義嗎？

在羅蔓姊姊的家來來去去的這些日子，早已不再想從前的傷心事了。

現在，除了經常到兩個姊姊的房間到此一遊外，小精靈最常做的是晃進何碧蘭的房間，就算沒做什麼，只是踅來踅去飄來飄去，他也覺得滿室溫暖緊緊包圍著他。

最近他更大膽了些，夜裡等著羅氏夫婦熟睡後，他就輕手輕腳的爬上羅氏夫婦的雙人大床，硬是往兩個人中間的空隙就擠進去，在那小小隙縫中扭來扭去，怎麼樣都會碰到羅軒疆或是撞了何碧蘭，雖然當爸媽的這兩個人，都無感的繼續流連夢境，倒是小精靈感受到被爸媽緊緊圈護，這種自己尋來的被包圍的感覺遍傳全身，他禁不住便熱淚盈眶了，實在是太幸福哪！

就因為這種幸福感，讓小精靈一時忍不住，昨天半夜三更時，對著何碧蘭耳畔直呼氣，直喊著媽媽，一度還把她喊醒了。

可他一點兒也不後悔，甚至因為擠進羅氏夫婦之間的空隙，嗅到了男主人的氣味，有別於前世爸爸的焦躁霸道，是他一直很喜歡的溫和優雅，這更加深了他想要成為這家成員的念想。

昨夜裡那是夢嗎？

清晨起床一邊做著早餐，惺忪睡眼尾處彷彿還有那個小男孩的身影，被喊媽媽那種怪異的感覺，也還朦朦朧朧存在腦中，這到底是怎麼一回事？實在是把何碧蘭搞糊塗了。

做完早餐還有時間，趁著上樓喊女兒吃早餐，不死心又問了羅軒疆一次。

「老公，昨天晚上我是不是作夢了？」

才從浴室梳洗出來，就逢上老婆拋來的問題，她不問還好，這一問羅軒疆連帶想起一夜沒得好眠的情況，順勢對何碧蘭小小抱怨了一下。

「還說咧，做那什麼無聊夢，還腳來手來……」

何碧蘭一聽丈夫說她做了無聊夢，一時興致全都來了，她急著想為殘留腦中的影像印證一下。

「什麼夢？怎樣無聊了？」

「什麼夢？妳自己不記得了？」

「就是不記得才要問你嘛。」

「喔？真不記得了？」羅軒疆一臉曖昧，看得何碧蘭就有氣，伸手推了她一下，

「神經啊？搞曖昧。」

「說我搞曖昧？是你自己吧？」

「我？什麼嘛？」

「老婆，你如果想生兒子就說嘛，不要睡到半夜，腿一跨就壓在我身上，這不像妳的作風唷。」羅軒疆說著一隻手還搭在何碧蘭肩上。

「說什麼？不正經。」何碧蘭撥下羅軒疆在她肩頭的手。

「欸欸，我不正經？不知道是誰不正經了喔？」

「好啦，快說啊，我做了什麼夢？」

「我被妳突然跨過來的腳踢醒後，妳一直指著床尾直說有個小男孩，這個就是妳的夢境。不過，老婆，拜託妳喔，也有點常識，是先懷孕才能生兒子吧，哪有小鬼七早八早已經出來等在外頭了？」羅軒疆貼近她耳朵說著。

「說什麼啦？」被老公這麼講的何碧蘭紅著臉推了羅軒疆一把，「人家是問你我做了什麼夢，你就知道講這些五四三的。」

「我哪知道妳作了什麼夢？睡到半夜一隻腿就踹來，我是被妳踹醒的咧！睡覺不好好睡，翻個身也像打拳一樣。」羅軒疆邊說邊穿襯衫和西褲，一會兒他還要先送兩個女兒上學，再趕去上班，不加快速度是不行的。

「是喔？」

「難道我還自己捏造啊？現在沒空，不然我就翻起衣服找找看，搞不好身上還帶傷呢。」

「去你的帶傷啦，我這花拳繡腿哪可能把你踹得怎樣，你別故意要趁機栽贓喔。」

「說我栽贓？這是妳來問我，我才開口說的喔，不然我哪那麼閒去捏造個床尾小男孩出來。」

「爸，快啦，什麼床尾小男孩？我還紅衣小女孩咧。」從三樓下來的羅蔓蹦蹦跳跳進了爸媽房間，剛巧聽到羅軒疆說了床尾小男孩，順口就說。

「什麼紅衣小女孩？」羅軒疆問。

「喔，爸，你真遜呢，連紅衣小女孩都不知道。」

「什麼紅衣小女孩？哪個小童星嗎？還是……」

「吼，紅衣小女孩要是小童星，大家八成都不敢看電視了。」

「怎麼會這樣？當童星的不是都很可愛？」

「好了啦，哪有那麼多廢話可說，快下樓吃早餐，該上班上學去了，小莉呢？」何碧蘭催著羅蔓父女倆。

「誰知道姊姊在搞什麼，她就是會拖。」

羅軒疆則是利用機會問老婆：「欸，小蔓說的紅衣小女孩是誰啊？」

「說你沒常識也要看電視嘛，就只會看政論節目和新聞，別的節目要是也看一些，你就知道了嘛。」何碧蘭回答有點跩。

「妳告訴我也一樣嘛。」

「一齣電影……」

何碧蘭的語音還飄在空氣裡，羅軒疆也還來不及回應，甫自三樓走下來的羅莉，不認輸回應羅蔓說法的聲浪，就已經疊了上去。

「誰會拖？妳自己才會拖啦！」

眼看兩姊妹一大清早又要鬥嘴，那可會破壞這一天美好的開始，何碧蘭可不願意一天是這樣開始的。自詡愛好和平，喜歡快樂過日子的何碧蘭，這種時候腦筋就會轉得快了，她說：「拖喔，是我啦，我才最會拖的啦！」

啥？正下著樓梯的父女這下都回頭望了殿後的何碧蘭一眼，搞不清楚這女人腦袋裡裝什麼？

哪有人像她這樣把不好的事往自己身上攬？真是怪胎，是最近的反常造成的嗎？何碧蘭當然也看出前頭三個父女眼神透露的疑惑，她大方承認：「呵呵，我是說，我最會拖地嘛。」

「什麼嘛！」「真是的。」孩子的不屑聲，併著羅軒疆的搖頭一起出現。

看起來何碧蘭這女人還很正常嘛，也會適時來個小幽默，羅氏父女三人無不覺得自己的擔心會不會是多餘的？

七點十分一到，父女三人匆匆忙忙的上車出門去了。

現在，整個家只剩下何碧蘭一個人，她悠閒的喝著牛奶，嚼著自己烤的吐司，總算早晨救火似的任務完成了，可以自己一個人好整以暇好好享受一個人的時光。

每天早上，她一定在丈夫女兒起床之前起床，為他們做愛心早餐，做為一個家庭主婦，她有一個堅實的信念，那就是讓家人的心裝著滿滿她的愛出門，她相信如此他們一定可以愉快的過完這一天。

現在，剛剛喝下一口牛奶咬了一口吐司，何碧蘭正陶醉在主婦幸福裡，耳畔竟就響起幾天來聽過多次，已經有點熟悉的聲音。

「媽媽，好好吃喔？我也想吃呢。」

何碧蘭被突如其來的聲音嚇了一跳，尤其又是要求要吃她的食物，這倒是還不打緊，反正有福同享嘛，不過，最讓她驚嚇的是，這聲音喊她，媽媽。

明明兩個孩子剛剛出門了呀！

一時間，昨天夜裡昏睡中的感覺又全部浮現出來。哎呀，真讓人頭大呢！怎麼會好端端的跑出個小男孩來喊她媽媽？這男孩是哪裡來的？

這到底是怎麼一回事啊？

何碧蘭循聲轉頭四周看一看，不看還好，這一看她驚嚇得簡直要暈厥過去。

「媽媽，你不要害怕，我很可愛的。」小男孩帶著一張笑臉出聲安撫何碧蘭。

小男孩真喜歡這個媽媽，他才不想讓何碧蘭驚嚇過度呢。他讓自己盡量貼住地面，但他就是異於常人，與其說他是站在地上，不如說他是飄著走的。

「媽媽，媽媽……」小男孩還出手拉扯一下何碧蘭衣襬。

何碧蘭先是震了一下，再定下心脈仔細瞧瞧，咦？這小男孩是站在她身旁嘛，那剛才看到半空中的……難不成是自己眼花了？

會嗎？才剛過四十眼睛就老花了嗎？

甩甩頭，算了，先不管這些，先來好好的看看這個小男孩。

小男孩有一雙大大的眼睛，一張小巧的嘴巴，模樣真的很可愛，這一仔細看，何碧蘭禁不住母性特質又一點一點釋放出來，先前那份驚慌也一分分減弱。

「小弟弟，你好可愛喔，你家住哪裡？」

「我家，我家，我家住……」

說真的，小男孩也不知道他的家在哪裡。

現在他是在空氣中四處飄浮的「阿飄」，前一世的家，范家他已經回不去了，主要的是，他前一世的身體也不見了，忽忽想起一首外婆常唱的臺語歌，其中有一句「無魂附體親像稻草人」，那像他現在有魂無體，他像什麼呢？

小男孩想，誰能告訴我？這個媽媽現在問他，家在哪裡？他不就是想找個「新家」嗎？

而他跟著羅蔓姊姊來到的這裡，他真喜歡。

「我就是在找我的新家。」

「啥？新家？」何碧蘭無法理解小男孩所要表達的內涵。

「對，找新家，因為舊家沒有了。」

何碧蘭心想，孩子還小，可能是不知道怎麼形容自己的住處，管他新的舊的，那是他家的事，反正只要小男孩會帶路，她就能把男孩帶回家。

「那，小弟弟，你怎麼進來我家的？」還是好好問問這孩子怎麼來的才要緊。

「媽媽好笨喔，我就是這樣走來的啊！」

小男孩本還在想，這個媽媽怎這麼笨，要進到房子裡面，當然是用腳走路進來的啊，不然還能怎樣進來？

可是，又一想，不對啊，他和他們不一樣，他是鑽進羅蔓姊姊書包裡被帶回來，然後才在這個屋子裡晃來晃去的。

「你走進來？你什麼時候走進來？我又沒看到你開門走進來，難道……你昨天晚上就偷跑進來了？」

「媽媽，是『走』不是『跑』，我來了好多天了，妳都不理我。」順便再小小撒嬌一下。

「來了好多天？」何碧蘭有點混亂了，這小男孩說他來了好幾天，為什麼她和家人都沒看到？

「對啊，妳都不理我。」又一次強調不被重視的委屈。

「我不理你？我為什麼要理你？我又不是你媽媽。」何碧蘭不能理解小男孩一直強調的她不理他，她需要理會他嗎？這個別人家的小孩。

「媽媽，妳做我的媽媽啦，我會很乖的。」

「小朋友，我真的不是你媽媽，我只有兩個女兒。」

「我知道現在家裡有兩個姊姊，而且那個大姊姊很沒禮貌。」小男孩嘛著嘴告狀似的說。

這時何碧蘭突然想起，前些天自己聽過一個小男生說過『這個姊姊真沒禮貌』的話，該不會那個小孩，就是眼前這個小男孩？

「我兩個女兒你也看過啊？」

「對啊，我以後就會有兩個姊姊，我知道。」

「什麼？你說什麼？你會有兩個姊姊？」

何碧蘭喜歡條理清楚的事，這麼複雜的關係把她搞得頭都要昏了。

不過現在還是趕快先補充一下熱量，不然血醣要降低了。

何碧蘭端起玻璃杯，喝下一口牛奶。

「媽媽，我也要喝ㄋㄟㄋㄟ。」小男孩嘟著嘴委屈的請求。

「你也要喝ㄋㄟㄋㄟ？喔——我倒給你，你等一下喔。」

何碧蘭拿了一只乾淨馬克杯，倒進八分滿的鮮奶，再把杯子推到桌子邊緣。「嗯，ㄋㄟㄋㄟ來了，你喝吧。」

小男孩看到滿滿一杯鮮奶，立刻興奮得湊上嘴巴去。

何碧蘭才見他輕輕碰了杯子邊緣一下，他就說：「好了，媽媽，我喝完了。」

「喔，喝完了，還要嗎？」

這話才問完，何碧蘭瞄了一眼杯子，呃？這叫喝完了，那八分滿的鮮奶分明還在杯裡，這小鬼竟敢說他喝完了，糟蹋糧食，真是欠修理。

「小朋友，你的ㄋㄟㄋㄟ沒喝完啊？」

「媽媽，我喝完了啦。」

「小朋友，你媽媽沒有教你不能說謊嗎？」

「沒有。」答得真簡潔。

「沒有？你媽媽怎麼可以沒教你不能說謊？這樣不好，你媽媽是誰？」何碧蘭心裡想著的是，這家的媽媽真是不負責任，放著孩子到處亂跑到陌生人家裡，竟然還是個不教小孩惜福愛物、珍惜地球資源的媽媽，等她帶這個孩子回他家的時候，她要好好開導那個失職的媽。

「什麼是說謊？妳又沒有教我。」

「啥？我？」

呃？這是怎麼一回事？

何碧蘭快受不了了，快快快，客廳沙發靠一下。才坐下沙發，何碧蘭頭一昏，靠著椅背就暈了過去。

「媽媽，媽媽，妳怎麼了？」

小男孩一下子跳到東一下子又跳向西，擔憂的摸摸何碧蘭的臉頰，他著急的要喚醒這個媽媽，這個會在家裡照顧小孩的媽媽，是他想要的媽媽，他不要再像前一世那樣，只為了選一個會買很多玩具給他，會帶給他很多巧克力的媽媽，就投胎到那個每天忙得像陀螺的媽媽家裡。這次他不要再像上次那樣了，他一定要找一個愛他勝過一切的媽媽。

「媽媽，媽媽……」

「……」

從昏沉中悠悠醒來的何碧蘭，看見蜷曲在沙發上流淚的小男孩，剛剛到底怎麼了？小男孩在哭什麼？

這麼可愛的孩子，要好好愛護他，怎麼可以讓他哭呢？

「喂喂，小朋友，你怎麼了？」

一聽何碧蘭說話，小男孩破涕為笑，「媽媽醒來了，真好。」

「呃？」

「媽媽剛才昏倒了。」

「我昏倒了？」

「嗯。」

「所以你才哭哭。」

「嗯啊，媽媽都叫不醒，我好怕喔！」

小男孩這麼說的同時，正好有一顆眼淚，從眼眶迅速滑了下來。何碧蘭見狀也以迅雷不及掩耳的速度，伸手要去擦男孩臉頰上的眼淚。

咦？怎麼是這樣？觸不到真實臉蛋的感覺，一切是虛虛的，可是明明手上是有那滴眼淚啊。

何碧蘭滿臉疑惑，看看自己的手，再看看小男孩的臉，忍不住再次觸摸一下，還是那種不實際的感覺，甚至她還感覺到自己的手，似乎還穿透小男孩的臉。

怎麼會是這樣？小男孩和別人為什麼不一樣？

到底原因出在哪裡？

「媽媽，我好喜歡妳呢，我要妳做我的媽媽。」

小男孩說著就往何碧蘭身上撲。

咦？這個感覺更怪了，明明他是重重的撲倒，為什麼一點重量都沒有？而且……而且，沒有摸到他身體的感覺。

這下子何碧蘭更是驚訝得說不出話來。

「你……你……」

「媽媽，妳好好喔，妳做我媽媽啦，我想要這樣抱著媽媽，也想要讓媽媽抱抱。」

「我……」何碧蘭還是說不出話來，這小男孩難道和紅衣小女孩一樣，是幽靈？

啊？他是在找他想要的媽媽呀？

「哎呀，我的媽啊……」何碧蘭慌得出聲喊了。

小男孩為自己完全現形在這個媽媽面前感到高興，以後這個媽媽都可以看見他了，一時高興，他也出聲喊了句，「哇塞，我的媽媽……」

「原來你是……」何碧蘭要說的是，原來小男孩是小幽靈，可是天真無邪的孩子出口卻回應道，「我就是我啊！」

結果卻是，一大一小一陽一陰一實一虛同時噗嗤一聲笑了出來，何碧蘭哪還會驚慌？

一回生，二回熟。

現在何碧蘭會為小男孩準備各種他喜歡吃的食品，她也終於明白，精靈品嚐食物是吸收食物的氣息，食物的量不會因為他的食用而減少，所以再也不會像第一次那樣大驚小怪了。

白天有小男孩做伴，何碧蘭生活越來越有趣了。

「媽媽，妳今天好漂亮喔。」

「真的嗎？你的小嘴真甜。」

「媽媽，我們來玩捉迷藏，我當鬼，妳來找我。」

何碧蘭頓了一下，他不是本來就是鬼了，幹嘛還要當呢？

「你在哪裡？你躲在哪裡？我找不到呢。」

每個房間每個樓層都找遍了，就是沒找著小男孩，何碧蘭知道小精靈男孩用飄的比她用走的快，他早就順著樓梯把手溜滑梯，一路像乘坐雲霄飛車似的滑下樓了。

「哈哈，媽媽輸了。」

「不要跟你玩了啦，你都讓人家找不到。」

「好啦，好啦，下次一定讓媽媽找得到。媽媽，再來玩嘛。」

「休息一下，下次再玩。」

何碧蘭已經不會再問小男孩從哪裡來，因為她知道他是陰的，到這時，何碧蘭也慢慢習慣當家人都不在家時有小男孩陪她。小男孩喜歡在何碧蘭的腳邊繞，喜歡何碧蘭坐在沙發上休息時，依偎在她身旁。

「前天昨天都沒看到你，你去哪裡了？小弟弟。」

「昨天前天姊姊和爸爸都在家，媽媽好忙喔，我就……」

「啊？這樣你就不出來了喔？」

小男孩點點頭，模樣好不惹人憐愛！

這小孩真懂事，又不吵人，但是過度乖巧的孩子，何碧蘭反而不捨，隨著相處時間的增長，何碧蘭越來越疼小男孩，也越來越難忍受沒看到他的時候。

如果家裡有這麼一個孩子，尤其是一個男孩，這個家應該會有更多趣味；如果多個男孩，老公和女兒應該會很高興吧！

可不是嗎？

從雪蓮家有個蘇適就可以看得出來，羅莉和羅蔓每每見到蘇適那個胖娃娃，兩個姊妹不爭不吵玩得可真是不亦樂乎啊！她們的爸爸偶爾也會搶要抱蘇適那個胖小子。何碧蘭想起羅莉、羅蔓兩姊妹，曾經提過再生一個弟弟的事，好像還真可以考慮考慮。如果生了一個像這個常常出現家裡的小男孩，上自老公下至女兒，想必大家都會好好疼愛他的。

可是，真要給自己找這個麻煩嗎？

四十已過，有足夠的體力應付嗎？

2　編一場美夢

天晴的日子，人人精神爽快，連走路的步伐彷彿都是跳著的。

無論是何碧蘭一家去雪蓮家走走，或是雪蓮一家來家裡坐坐聊聊，那之後至少可有兩日，羅莉和羅蔓是相安無事的。

平靜的日子何碧蘭總感覺如獲天恩。

雖然之前雪蓮不只一次跟碧蘭說：「姊，妳把羅莉和羅蔓照顧得太好了，她們會吃不消的。」

「妳這是哪門子理論？媽媽照顧好孩子，反而惹孩子嫌，這還有天理嗎？」

「這樣太緊迫盯人了，孩子受不了。」

「少來這套鬼理論，等妳自己當媽妳就知道。」

那時節雪蓮還和蘇大維正交往中，也就不便再多說，可如今她不只當了媽，也生了兩個小孩了，她還是這麼勸著何碧蘭，何碧蘭再看著雪蓮的兩個孩子蘇芙和蘇適，相處可好著呢！她也曾靜心思索到底問題出在哪裡？後來竟是推論出雪蓮家的孩子是姊弟，姊姊自然懂得照顧弟弟，她家裡兩個都是女兒，女兒到底是心思多一些，她反正就見招拆招囉。

之後，雪蓮也不再多說些什麼，倒是羅莉喜歡與她和蘇大偉親近，生活若遇有難題困擾，都不忘找她傾吐，她想著自己若能引導羅莉一些，也是好事。

蘇適四個月收涎那日，羅氏一家也到蘇家觀禮兼聚會。

一屋子大大小小十來人熱鬧非凡，羅莉羅蔓擠在前頭，看著脖子上掛了一圈大圓餅的蘇適，又是嘖嘖嘖又是嘻嘻嘻，兩人難得的有志一同逗著蘇適。

「小蘇適，這餅你只能戴著唷！」

「是啊是啊，這餅是姊姊們要吃的，現在借你戴而已，你別在那裡吐舌頭想吃啦！」

「妳們兩個是怎樣？聯手欺負我們這個手無縛雞之力的小書生啊？」外婆上前來，蘇適努了嘴，外婆接著又說：「來來，外婆搭救你。」

「厚，小蘇適，外婆英雌救你這小帥哥來了。」

羅蔓語音剛落地，蘇適便咧嘴笑了，一屋子的人無不嘖嘖稱奇跟著笑開。很快的羅莉接手抱過蘇適，羅蔓依在一旁逗著蘇適，何碧蘭見到兩個女兒前前後後簇擁著蘇適，一來真覺得自家女兒長大了，如此熱心熱情的幫著照顧，二來也覺得兩姊妹如此平和同坐一張沙發，真有歲月靜好之感。

若天天都這樣該有多好！

何碧蘭正這般想著，外婆稱讚著羅莉的話就在空氣中跳動。

「小莉啊，妳抱小娃娃喝奶還真有架勢呢！」

「沒啦，那是蘇適乖不亂動，而且我以前抱過小蔓嘛。」

「妳以前抱過我喝奶？」一旁的羅蔓不敢置信，「真的假的？」

「妳懷疑啊？媽有時忙，我就坐在大床靠著床頭抱著妳喝奶。」

「呵呵，難怪今天下雨。」羅蔓說。

「為什麼今天下雨？蔓姊姊。」大班快畢業的蘇芙歪著頭問。

「那是……」

羅蔓結巴著不知如何說明，正在這時，羅莉抱著的蘇適上下唇不停吹動，頻頻發出「噗噗噗」聲音，外婆取了蘇適專用紗布巾幫他擦了，嘴裡倒是說著輕巧玩笑話。

「你喔你喔，一直噗一直噗，都給噗得下雨了。」

在眾人呵呵笑開的同時，羅蔓告訴蘇芙：「外婆說了，是妳弟弟蘇適一直噗不停，他的口水都被老天收去變成雨，下下來了。」

「是嗎？」蘇芙到底還是小，不懂這之間的趣味。

「小蔓妳呀……」

外公手指著羅蔓，那神情大有說羅蔓「說謊不打草稿」之意。不過這到底也無傷大雅，反倒能增添生活趣味，大家能夠笑笑過活多好！

那天，羅氏一家直到天黑後才回家。

整日陰雨，一早羅家人出門時，小精靈沒趕上躲進何碧蘭的包包裡，整日自己一個在家不免鬱鬱寡歡。好不容易等到他戀著的一家人進門，領先進門的何碧蘭捻亮客聽那盞大吊燈時，一眼就瞧見苦著臉縮在鋼琴上頭的小精靈，也才回神過來，竟然把這小男孩忘了一整天，母愛一湧上，整顆心都要碎了。

「乖。」

隨後進屋的三個父女，見到何碧蘭快步奔向鋼琴說乖的一幕，兩兩面面相覷互使眼色，無言交流了「這是怎麼一回事？」三人立刻又相互聳聳肩，雖然何碧蘭有此怪異舉止已非一日兩日，但畢竟也是會讓他們父女三人憂心。

「媽，妳怎麼了？」

「老婆，妳累了嗎？」

「我……我……」小精靈因何碧蘭那聲乖而融化，早跳上她肩頭玩著她的頭髮，玩得她頭皮一直麻癢起來，忍不住嘻嘻笑出聲，隨即看見丈夫女兒詫異表情，趕緊撥了撥頭髮，讓自己止住了笑。

夜裡何碧蘭輾轉反側，想著白日裡羅莉、羅蔓在蘇家的那幕，又想著最近一段日子以來，和小男孩的互動，好像很可以讓家裡添個小娃娃喔！

「老公，我幫你搥搥背。」

「呃？外面下紅雨了嗎？」

「什麼？下紅雨？沒有吧。」

「啊，我的意思是說……唉，沒什麼啦。」羅軒疆一想這要解釋起來，還得大費唇舌，搞不好他老婆還不見得聽得懂，算了，就別說了，免得說越多要解釋的就越多了。

雖然自家老婆偶爾無厘頭到真教人敗給了她，但看她那單純毫無心機模樣，不正是自己好命，才能娶得這樣無爭無欲不吵不鬧不作怪的老婆，比起一些同事的太太，總在生活中諜對諜的互耍心機，不然若不是吵著要出國玩，就是要老公買什麼牌又什麼牌的衣服和手提包。兩相比較之下，羅軒疆還是寧願有何碧蘭這樣頭腦簡單一點，神經線少幾條的老婆。

「你真奇怪呢，話講一半的，誰聽得懂啊？」反應不佳的人，還怪人家話說一半，何碧蘭嘟囔了一句後，沒追著問，反而是把自己的企圖說了出來。

「老公，我們再生一個孩子好不好？」

「什麼？妳說什麼？」這個炸彈威力太猛了，把羅軒疆炸得從床上彈起。

「幹嘛？又沒戰爭，幹嘛跳起來？我是說，我們再生一個孩子。」

「妳……是哪根筋不對了？突然想到要再生一個。」這比發生戰爭更讓羅軒疆驚嚇。

羅軒疆搞不懂老婆突然的大轉變，他以為他們一直有很好的默契，生了兩個女兒就夠了，沒想到夫妻這麼多年，老婆跟他還是有同床異夢的時候。

前次兩個女兒吵著再生個弟弟，那時老婆還信誓旦旦她不再生了，怎麼時日相距也還沒多久，竟就一百八十度大改變。

這個情形教羅軒疆大大吃了一驚，究竟誰有這麼大的本事將她洗腦成功？

浮在天花板上的小男孩咧著嘴笑著，大拍胸脯喊著：「是我，是我啦，媽媽被我洗腦成功了啦！我要當你們家的孩子啦。」

不過小男孩的話，羅軒疆是一句也聽不見，他還是愣頭愣腦想不出個所以然。

羅軒疆當然沒法瞭解這一段日子以來，何碧蘭每天和小精靈相處的情形。

兩個女兒脫離奶瓶、尿布階段，再進入學校就讀後，何碧蘭生活重心就有點歪斜，尤其是羅莉和羅蔓越長越大，需要媽媽的地方越少，每天除了必要的家務，何碧蘭空閒時就是去圖書館當義工。

自從家裡憑空多出一個小精靈之後，何碧蘭從最初的詫異，到後來慢慢熟悉，現在已經到了「不能沒有你」的階段了。

先前是小精靈男孩苦求何碧蘭把他生下來，現在則是何碧蘭要求丈夫一起製造一個小生命。

「人家就是想要再生一個兒子嘛！」

「什麼？妳想生什麼？」

羅軒疆以為他聽錯，再問一遍。教羅軒疆不解的是這女人真是得寸進尺，剛剛說生一個孩子，現在換成是一個兒子，她以為她是誰啊？想生兒子就生得出兒子嗎？羅軒疆右手拍著前額，彷彿抱著一顆超大燙手山芋，正不知如何是好。

一旁的何碧蘭看著老公那副痛苦模樣，則是大大的不解，她不過是說要生個兒子，又不是生個什麼老虎、獅子。

生個兒子讓他羅軒疆老來有子孫承歡膝下，難道他不喜歡？

「我是說我想生個兒子……」這下說得夠清楚了吧！

沒想到羅軒疆的眼睛越睜越大，簡直比銅鈴還要大。

他壓根沒想到他老婆也會有兒子才算傳宗接代的想法，他一直以為他這個做丈夫的不給太太生兒子的壓力，老婆就能走出那種不孝有三、無後為大的迷思。

但是養兒真能防老嗎？新聞報導裡不乏不孝忤逆的事件，更可惡的還有弒親的惡子，老婆現在興頭上要生個兒子，她真有把握把孩子帶好養好教好？不過，回過頭來看看羅莉和羅蔓兩姊妹，她也是把兩姊妹教養得還算不錯，除了老是喜歡爭寵較勁。

又一想，自己和老婆年齡一天一天增加，當然也是一天天體衰力竭，如果再生一個孩子，到時候兩人還有體力精神跟小孩耗嗎？

說不定老婆是一時沒想這麼深入，才會一頭熱的嚷著要生兒子，看來是要花點時間和功夫，把一切得失利弊分析給她聽。

羅軒疆這一廂心機，被巴望投胎到他家的小精靈男孩探知，氣憤得跳腳不依。

這一跳，小精靈一頭撞在羅軒疆身上，何碧蘭一看慌張的搗著胸口，她真怕小精靈撞痛了老公，其實她更怕輕飄飄的小精靈撞人，會是以卵擊石那樣慘不忍睹。

幸好，一切安然。

不是你家姊姊，是我啦，是我想當你的兒子啦！小精靈抬起前腿就爬上羅軒疆身上，前前後後鑽來戳去的，無奈羅軒疆完全感覺不到，他還自顧自的說著：「我們有兩個女兒就好了，而且她們都長大了，現在妳可以做妳想做的事。等她們再大一點都出外去讀書，我就可以帶著妳到處遊山玩水，不好嗎？」

「遊山玩水……」

何碧蘭看著羅軒疆身上那隻潑猴般的小男孩，上上下下沒個安靜時候，還真像是在羅軒疆身上遊山玩水呢，這小鬼頑皮得很，抽空還對著何碧蘭擠眉弄眼，惹得何碧蘭忍不住一直要笑出來。

「嘻嘻……就是她們都長大了，我才想再生一個小孩嘛。」

我老婆是怎麼了？她在高興什麼？我都還沒答應，她就已經這麼 high 了，如果我真答應了，她會不會high過頭？羅軒疆實在搞不太懂，他老婆到底哪條神經出錯了。

「妳是不是白天一個人在家太寂寞了？」

「嗯。」還真委屈的呢。

「那妳可以去參加一些婦女課程，不然義工多做幾天也可以啊。」羅軒疆認真的幫老婆設計生活項目。

「那些都等以後嘛，現在孩子還在讀書、還小，需要照顧。」

呃？這個邏輯太奇怪了，一下子說孩子長大了，一下子說孩子還太小，她在說什麼啊？羅軒疆聽得都糊塗了。

「妳剛剛不是說孩子長大了？」

「喔，我是說她們都不需要我抱抱餵ㄋㄟㄋㄟ的長大啦，嘻嘻。」

「吼。」真是讓人氣結。

「好不好？」

「什麼好不好？」

「再生個兒子啊。」

「不好。」

斬釘截鐵的答案，羅軒疆不作思考的立即作答，絲毫不給何碧蘭討價還價空間。只見何碧蘭失望的垂下頭去再也不開口，說實在的做老公的看見了也於心不忍。

她這麼想再生一個啊？要不要同意呢？

再生一個容易，養，可就費神多了。

再生一個好嗎？

何碧蘭在得到否定答案後，抑鬱的低垂著頭，小精靈看了很不忍心，他在沙發上滾上滾下的，企圖引起何碧蘭的注意。

不行，一定要讓媽媽高興，這個好媽媽，要讓她快樂，媽媽快樂，家裡的人才會都快樂。

所以，一定要讓這家爸爸知道多個我，這個家庭會更快樂。

小男孩邊想著邊動作。

何碧蘭抬起頭還想再跟丈夫爭取，卻是一眼看到小男孩正從羅軒疆背後摟抱羅軒疆的頸子。

「唉唷，這樣會勒死爸爸呢！」何碧蘭一緊張脫口而出。

「啥？」羅軒疆被何碧蘭突如其來的大叫搞得一頭霧水，誰會被勒死？

「趕快放手，快，爸爸會受不了。」何碧蘭驚慌的從沙發半立起身子，出手就要去撥開小男孩的手，羅軒疆看著老婆這種奇異的行徑也慌亂了，整個人僵住，只剩眼球還能靈活轉動。

他就僵在沙發上，看著何碧蘭一下子在他左方，一下子在他右方，一下子又跑到沙發後方，她動來動去一刻也不停，合併著動作的是她喃喃不停的說話。

「你真是頑皮呢，這樣欺負爸爸……你還不停下來，還跳？再跳，我不喜歡你囉……快，快停下來，媽媽……累死了……好喘哦，你乖，我才要當你媽媽……對嘛，這樣才乖，乖乖坐在沙發上，不可以再捉弄爸爸了喔，我們家的爸爸是天下最好的爸爸呢！對不對？爸爸。」

這一問，問傻了羅軒疆。

她到底在跟誰說話？

這房間就她和我兩個人，怎麼她說話的對象好像另外有一個人似的？那是誰？為什麼我看不到？她在叫誰乖乖坐在沙發？羅軒疆左看看右看看，長沙發上只坐著他一個人，其他什麼人也沒有啊！

現在她還這麼認真的在問，「對不對？爸爸，是天下最好的爸爸，對不對？」對，對，當然對。

不過她到底是在向誰誇讚他呢？羅軒疆還是一頭霧水。

「噗嗤」何碧蘭笑了出來，因為她看見坐在羅軒疆身旁的小男孩，坐沒坐相，一條腿就橫跨在羅軒疆大腿上，還向著她扮鬼臉。

「喂喂，碧蘭，妳笑什麼？」真搞不懂老婆到底哪裡出問題了？

「我？我笑小鬼把腿跨在你腿上，你沒感覺嗎？」

「小鬼？什麼小鬼？我怎麼沒有感覺？」羅軒疆低頭看看自己的大腿，好好的，沒變形，也沒一條小鬼的腿啊！

「老公，老公，你怎麼了？」

羅軒疆一陣暈眩，差一點就掛在沙發上，還好在緊要關頭時，靈光一閃，他終於弄懂這一切了。

原來家裡進駐一隻小鬼，這小鬼威脅要成為他們家的一分子，所以把他老婆搞得神經兮兮。

小鬼沒現形，都已經是把這個家搞得天翻地覆了，萬一真讓他投胎到這家庭來，不就是世界末日？

羅軒疆腦門裡的想法，倏地一道光似的被小精靈全吸去，這可讓小精靈慌了手腳，如果爸爸把他驅逐出境，他就做不成他們的孩子了。

不，不行。小精靈趕快附在何碧蘭耳畔，請她跟爸爸說說好話，他會乖乖的。小精靈的前世經驗就像沒人要的孩子，他沒別的心願，只想生為一個有人疼愛的孩子。

「老公，他只是一個惹人憐的小精靈……」何碧蘭話還未說完，羅軒疆沒頭沒尾的冒出一句，「不行，絕對不行。」

就這簡單六個字，就足以讓何碧蘭震驚得無以復加。

「老公，什麼絕對不行？」

「絕對不行讓這小鬼來我們家。」

「啊？可他好可愛呢！」

「可愛是妳在說的，我沒感覺。」

「老公……」

「什麼都不必說，就這樣決定了。」

「老公……」

吼，這個爸爸居然沒有感覺到我的可愛，嗯，一定要想辦法讓他知道我、真、的、很、可、愛。

還在羅軒疆身上滾的精靈男孩當下做了決定。

怎麼讓爸爸知道呢？嘿嘿，看我的辦法。

怎麼辦？老公不願再生一個孩子，怎麼辦？

何碧蘭真的很想生那個在她們家出現的小男孩，那麼惹人憐愛的孩子，不生來疼上一疼，怎受得了啊？

可是那天老公已經斬釘截鐵的說「什麼都不必說」了，要怎麼讓老公回心轉意同意生個兒子呢？

「媽媽，妳在想什麼？」

何碧蘭沒注意到這個神龍見首不見尾的小鬼，在她想事情想得入神時飄到她身旁來了。

「嗯，想你的事。」

「我的事？我有什麼事可以讓媽媽想的？」小男孩愣著腦，假裝一副不知其所以然的神情。

「生你的事啊！」何碧蘭果然上當了。

「哇，真好，媽媽，妳要生下我囉，萬歲。」這小子居然樂得在沙發上蹦跳，被人家生下來，真的這麼快樂嗎？活在這麼混亂的年代，有這麼值得期待嗎？

「等等……等一下，我是說我在想生你的事，並沒有說要生你了喔。」

啊？媽媽這是什麼意思？怎麼想不通。既然在想生他的事，為什麼又說沒說要生他，大人真難懂，簡單的一件事，怎麼要說得這樣複雜呢？

小男孩原本臉上的愉快神情，瞬間像急速冷凍似的僵化了。

何碧蘭立即也感覺到那張小臉明顯寫著「我受傷了。」她心裡感到非常抱歉。

「你先不要難過嘛，這件事我會再跟爸爸商量，一定想辦法讓爸爸同意，好不好？」

「讓爸爸同意？」

「對啊，讓爸爸同意把你生下來啊。」何碧蘭說著自己掩嘴不好意思笑了。

經過何碧蘭這一安撫，小男孩也破涕為笑了。

這個媽媽就是這樣好，她看到人家難過了，她會想要讓人家不要繼續難過，她會輕輕安慰人家，那種感覺好好喔。

小男孩想起以前的媽媽，每當他想跟媽媽回家，媽媽根本不理他，還叫外婆帶他到屋裡去，他哭了，媽媽也不會回頭來看他。下一次，媽媽再去看他，他生疏的躲在外婆身體後面，媽媽卻大聲吼他，「我是媽媽呢，你躲那麼遠幹什麼？過來，讓媽媽看看，長大一點沒？哎呀，怎麼不笑咧？爸爸和姊姊也來看你了啊。」

那一家的爸爸也沒這一家的爸爸好玩。

那一家的爸爸超沒耐性的，在外婆家才吃一餐飯，就急著要回他的家，外婆把他推向那個爸爸，他怯怯的低著頭看爸爸亮亮的皮鞋，爸爸卻只用力揉著他的頭髮，差一點把他的頭捻下來，末了那爸爸還說，「一點也不像男生，縮頭藏尾的，以後能成什麼大器？」

大器？什麼是大器？

他後來問外婆，外婆也說得含含糊糊，「你爸爸就是要你長大做大事。」

那時候他跟外婆說：「我以後才不要做什麼大事，我只要和爸爸、媽媽、姊姊在一起就好了。」

外婆摟著他的肩說：「乖孫子，會啦，等你長大一點，回去念小學以後，就可以天天和他們在一起了。」

本來，他還一直等著「長大」這一天的到來。

可是，誰知道那天黃昏一個搗蛋鬼，一直拉著他走向水池，從那一刻開始，「長大」這一天就永遠不會到來了。

「欸欸，小可愛，你在想什麼？怎麼都不說話？」

小男孩想得默不作聲，何碧蘭見狀也會擔心，搖了搖他，呃？這次有點說不出的奇異感覺呢。

喔，這個媽媽真的超級好，她都有注意人家的情況，小男孩喜不自勝的撲倒何碧蘭懷裡，「我在想，當媽媽的孩子會好幸福喔。」

呃？這小鬼懂什麼叫幸福嗎？

何碧蘭本能的張開手臂抱緊這個小可愛，嗯，真的有股氣流充塞懷中的飽實感，雖然摸不到他的形體，但他真的是存在的。

當下，何碧蘭決定不管老公如何反對，她也一定要說服羅軒疆，再生個孩子。喔，不，是要生這個小男孩。

3 華麗初相見

自從那日羅軒疆斬釘截鐵拒絕何碧蘭生兒子的要求，小精靈男孩就決定要在適當時候，讓這家爸爸看到他。

小精靈男孩打的如意算盤是，媽媽天天說他可愛，以他這樣可愛的程度，爸爸看了沒有理由不喜歡他。

小精靈男孩看著這家媽媽隨時隨地向爸爸撒嬌，只為了要生他這個孩子，十分感動。他也想著該怎麼幫媽媽的忙，讓她的心願可以實現。嘿嘿，其實不只是媽媽的心願，也是他自己的心願。為了讓自己成為這家人的一分子，他更該為自己未來的幸福付出心力。

現在是四票對一票，如果用民主表決的方式，這個爸爸一定得少數服從多數，因為兩個姊姊早就要求媽媽再生個弟弟了啊。

呃？可是姊姊們也都還沒有見過他，不過既然她們要求媽媽生個弟弟，那他就有機會了。

小精靈男孩都已經想好，他要現身讓爸爸看看他的可愛模樣，他有信心爸爸也會愛上他的。

想了想，乾脆就讓全家都認識他好了，免得還要採分期付款方式一次見一個，反正早現身晚現身都是得現身，要尖聲驚叫也一次就好，這樣將來這屋裡再相見，也才不會老是被當成魔神仔（欸？不是已經是個魔神仔了嗎？）。

小精靈男孩為自己的這番設想，大大的高興了一下，忍不住拍起手來，Ya，這是好方法。還因此引來廚房裡忙著的何碧蘭一望，他趕緊向她吐吐舌、揮揮手，再頑皮的空中翻了筋斗，暫時平息可能引來的關切。

選期不如撞期，就今天吧，今天來個全家相見歡吧，小男孩為自己的決定滿意的笑了，這次他沒再拍掌，只是想著該如何出場，才不致嚇壞爸爸和姊姊。

晚餐開動前，小精靈男孩貼著天花板往下望，真是豐盛的晚餐，四菜一湯，兩魚腥兩菜蔬，蔬食是豆腐和青菜，但就算是蔬食，何碧蘭也還是用盡心思配色烹煮，紅燒豆腐裡就有紅蘿蔔、筍片和木耳；炒高麗菜除了蒜頭，還加進櫻花蝦爆香，雪白菜葉上點綴著小小紅色的蝦，果然色香味俱全。菜香讓小精靈止不住嘴饞，頻頻將口水往回嚥進去，但看得見何碧蘭特地加了當歸的醉雞，淡淡紹興酒香直往上飄，他就怕自己憋不緊薄薄的兩片嘴唇。果然一看見清蒸鱈魚白嫩嫩的魚肉，小精靈再也忍不住了，他的口水沿著嘴角往下垂，就那麼一直線的滴進羅軒疆的碗裡，但羅軒疆只顧著吃，絲毫沒感覺他的飯碗裡多了一種氣味。

小精靈男孩實在想笑，但他忍住了，今天他要像個小紳士，留給羅家爸爸和姊姊好印象，好讓他們每個人都舉雙手贊成媽媽生下他。

只要能從羅家媽媽肚子裡生出來，有了像蘇適那樣的身體，就可以名正言順的和蘇適玩在一起，不需要在蘇適一家人來玩時，鬼頭鬼腦轉著蘇適呵氣，那充其量只把蘇適撓搔得咯咯笑著，又不能和蘇適拉手猜拳玩遊戲，蘇適一天天長大，自己仍然只能躲在暗處湊著蘇適耳朵呢呢喃喃，說些只有蘇適聽得懂的鬼話。

為了不讓自己如此厭氣，說什麼都要卯足精神撼動羅家爸爸的心智。

奇怪了，明明是好吃的飯菜，怎麼大家都默默吃著飯？房子裡的空氣異常沉重，顯然大家心裡都有事。

跳出自己的冥思之後，小精靈有此發現。但看羅家媽媽挑眉的神情似乎她是不需多想也知道，那麼……八成是今天羅莉和羅蔓兩位姊姊的學校功課又是異常多，羅家爸爸辦公室裡一定也有事搞得他情緒不太對。小精靈看得出來羅家媽媽不喜歡這樣的氣氛，也是，有笑聲有趣味的生活才好嘛。

「我不喜歡這樣。」何碧蘭明白說出口。

「啊？」羅氏三父女放下碗筷，直盯著何碧蘭看，她到底在說什麼？但也只是看個兩眼，三個人分別又低頭扒飯吃菜，三個人心裡都想著，反正這一段日子以來，已漸漸習慣這個女人隨時發作的狀況，既然看不出有什麼立即性的事會發生，大家也就不覺得需要特別勻出心神了，因為各自都有一堆事情煩心。

不過羅軒疆到底是她的丈夫，他一定得表示關心，才合乎現代新好男人的形象。

「不喜歡什麼？妳說清楚，我好改啊。」

羅家兩個女兒眼睛睜得都快掉出來，她們不懂老爸要改什麼？在她們眼裡，老爸是超級寵妻愛女的好爸爸了，還要改什麼？改名？改運？改風水？

「你要改什麼？」不只兩個女兒問，是連老婆在內的三個女人一起問的喔。

「妳不是說妳不喜歡？」

「我的意思是，我不喜歡我們現在此刻這樣死氣沉沉的氣氛。」

「那就讓它活潑一點啊。」

「對啊，活潑一點，我來說個笑話吧。」羅蔓故作輕鬆狀。

「這算哪門子的活潑？你們不要這麼刻意，這樣很做作呢。」何碧蘭說，羅莉呼應她說法，「對嘛，做作。」

「要妳管？」羅蔓又將發火。

「我才懶得管妳咧！」

「妳也沒資格管我。」

「敢說我沒資格管妳，小時候爸爸就說我是姊姊我可以管妳。」

「還敢說，藉機打人家手心，妳那哪是管？是虐待是苦毒。」

「妳們兩個不要吵了。」羅軒疆出聲制止女兒的時候，他好像也聽到另一個細微聲音，跟他說著一樣的話。

「呃？」左右看一眼，什麼異狀也沒，難道是自己太累了嗎？

「呃？」那個細細聲音似乎也被羅莉和羅蔓聽見了，她們倆瞟著四周看一圈，也沒發現有什麼不同，所有的布置都還跟往常一樣，人也是家裡這四個，並沒見著突然冒出的人影。

反而是看著兩側和前方共三人的何碧蘭，這次神經線粗了一點，沒聽到那個細細輕輕的聲音。

其實那是小精靈看不慣兩個姊姊無聊的爭吵而發出的制止聲，只是恰巧分秒不差的和羅軒疆的話重疊在一起。羅軒疆和羅莉兩姊妹之所以沒看見小精靈，那是因為他還飄在天花板。

「媽，不然妳要怎樣？」羅蔓放下方才的疑惑再問何碧蘭。

「……」羅軒疆為了公事正一個頭兩個大，現在有點精疲力盡。

「你想你的事，小莉滿腦子兩年後學力測驗的事，小蔓也有她要想的事，吃個晚餐也心事重重的，這個家怎麼會有生氣、怎麼會快樂嘛？」

何碧蘭這一番話說得是切中要害，沒錯，每個人心中都有自己的事，吃飯只是填飽肚皮，誰在意家庭氣氛？

對，我贊成。

天花板上的小精靈大拍其手，那聲音筆直傳入何碧蘭耳朵，現在她沒多餘的精神和他攪和，於是仰著頭對他努努嘴再搖搖頭，要他別搞怪。小精靈則是用吐舌擠眉弄眼來回應，他那神情明白表示，現在他才不想甩何碧蘭咧！

何碧蘭這動作雖然不尋常，但因她向來凸槌、出怪聲、有怪狀的時候也不少，不差這一次，因此餐桌另外三方的三個人，完全沒把她這個異常動作當成一回事。

何碧蘭還是回頭想要討論原來的議題。

家庭氣氛不可不用心經營啊？而且，最好是在還沒定型的時候趕快修正。

可是可以改變嗎？要怎麼改善？

「那妳說要怎麼辦？」羅軒疆問了。

「再生個孩子。」

「什麼？」羅軒疆腦門轟的一聲，真想當成自己聽錯。

「好耶，好耶，媽媽再生個弟弟，家裡就熱鬧了。」兩個姊妹難得的同心。

何碧蘭吃吃笑著，面對強大的民意，老公不會再說不吧。這招夠高了吧？當著女兒的面提出來，看你能再怎麼否決。何碧蘭臉上的小得意笑容，讓小精靈男孩打心裡佩服起她了。

「生個孩子，家裡氣氛就會不一樣？」當爸爸的不禁要懷疑。

「是啊，光是他肚子餓或尿濕時的哭聲就夠熱鬧了。」

這位媽媽的想法和別人不一樣，不過她說的也是，屋子裡充滿孩子的哭聲，總比現在大家靜悄悄，連根針掉到地上都可以聽成打雷要好多了吧！

羅軒疆的意志似乎有點鬆動了。

小精靈男孩躺在天花板吊扇上看著這一幕，心裡一高興，身體一歪，便像高空彈跳那樣直往下落，卻是不偏不倚的跳進餐桌正中央，那一大碗苦瓜排骨湯裡。那一瞬間，苦瓜湯像是被丟進一個東西，因此湯汁略略晃動並潑灑出大湯碗，這一幕教餐桌上人人色變。

「欸？怎麼這樣？」

「湯怎麼自己濺出來？」

「地震了嗎？」何碧蘭最怕地震，一想到地震就手腳發軟，也就忘記這一切可能是小精靈的傑作。

「不是吧！」

「可是無風不起浪啊！」

「最好這是浪啦，羅蔓小姐，這叫湯，媽媽煮的降火氣的苦瓜排骨湯，OK？」

「我知道這是湯嘛，我是說一定有風吹過，它才會動嘛！」

「有風？」羅莉只是仰頭並沒仔細看，如果她用心一點看，應該是會看見那隻慌得直拍胸脯的小精靈，也就不會說得如此雲淡風輕了，「吊扇開著當然有風囉！」

沒錯，餐桌上的吊扇是開著的，但是打出的風會影響到桌上的湯碗，好像有點匪夷所思。羅軒疆倒是在那短促的剎那間，有感覺到一股涼絲絲的氣，從他面前飄過，他皺起眉頭，解不開這個謎題。

而小精靈自己則是因為跌進那一碗湯，瞬間也把他前生失足掉進水池的恐怖記憶再拉出來，當下一驚慌，立刻就又彈回天花板，坐在吊扇上大口喘著氣。現在都已是一隻小鬼了，如果再不小心又溺斃了，還能在這個空間飄嗎？會不會像羅莉姊姊讀的古詩「一失足成千古恨，再回頭是百年身」？

我才不要這樣呢，一次就把我的膽嚇破了，才不要再來一次，我要趕快做這一家的孩子。小精靈男孩兀自想著，心神也慢慢回復平穩。

雖然所有的事發生的時間只有一瞬，但所謂的關鍵時刻也就那短暫的幾秒，偏偏因為這幾秒而產生的效應，常會不斷向外擴張，或許還有可能延伸到無窮呢。

羅家四人回魂之後，彼此定定看著對方，每個人的眼珠子分別向其他三人身上溜轉，似乎需要藉由這樣一次又一次的確認，才能肯定家是平安的。

家是平安的嗎？

父女三人不免各自一番省思，我對這個家盡了多少心力？努力賺錢就是了嗎？這是羅軒疆的自省。羅莉則想到了常和妹妹爭吵，微微慚愧。羅蔓自責最多，讀書不夠認真，又愛捉弄姊姊，總搞得爸媽精疲力盡。

何碧蘭心裡所想與其他三人截然不同，她想的是：有一個小精靈男孩在這屋子到處遛達，會平安嗎？

天花板上把吊扇當鞦韆盪的小精靈，實在很想一起融入這一個會彼此關愛的人家。不要再等了吧！乾脆現在就現身跟爸爸和姊姊來個相見歡，免得待會兒要是聽到他們說些什麼好笑好玩的，一高興沒控制好自己又栽下去，那後果就不好收拾了。

小精靈男孩念頭一動立刻就行動，從吊扇上輕忽忽的飄了下來，他選擇先拜見未來的爸爸，於是正面對著羅軒疆雙手合掌一拜，翻個筋斗再一拜，再送出一張笑咪咪的臉。羅軒疆剛從低頭夾菜的姿勢轉換成抬頭，一抬眼就看見一隻，自空中緩緩降下並對著他拜的小魔神仔，這突如其來的小鬼空降畫面，把羅軒疆嚇得那一口正要放進嘴裡的醉雞，因為手抖，一個不穩掉下桌面，還發出「啪吋」一聲，醉雞頹然醉倒在桌上。

「……」那咪咪笑的小鬼還在拜，天哪，我可還沒掛呢！羅軒疆這樣想。

何碧蘭和兩個女兒，一時間也弄不清楚到底出了什麼事，只見羅軒疆一張嘴開得奇大無比，咿咿呀呀了半天，也沒人聽懂他說什麼？

羅軒疆拿著筷子的手僵在半空中，眼珠子不停在眼眶裡轉著，屋子裡三個女人都從他的眼神中讀到驚慌失措。

「啊……那……」

這是怎樣了？活見鬼嗎？羅莉和羅蔓難得的有了心靈相通的想法。

哼，說什麼活見鬼，我是可愛的小精靈弟弟，今天也要讓姊姊們看見，那就一起來吧！

小精靈男孩探知羅莉和羅蔓的心思，對她倆的看法很不以為然，於是放開合攏雙掌，四肢一張就擺成了個大字，這下子羅莉和羅蔓只消偏轉個幾度，就能把他看得一清二楚了。

「啊……」

「呼……」

哈哈，真的看見了喔！再讓妳們來點不一樣的，才不會把我們精靈一族看扁。小精靈一得意起來，腳下馬上像踩上了風火輪一般，把整個屋子當田徑場跑著。那速度之快，教羅家兩個姊姊和爸爸來不及轉頭，小精靈倏忽又跑回他們眼前，在小精靈這樣風馳電掣之下，父女三人只能用張口結舌的大禮來迎接他。

小精靈總算過癮了，又站到羅軒疆對面，羅軒疆放下碗，用左手拍了一下前額，心裡嘆了一句，唉，我要昏了。

怎麼樣？我不錯可愛吧？姊姊。

小精靈拔足狂奔的那一幕，何碧蘭一心關注羅軒疆，除了感覺涼風絲絲，並沒想到是小精靈自己營造了一場華麗初相見。直到這時看見羅軒疆那一副癱軟模樣，突然醒悟過來，難不成他看到了什麼？何碧蘭這麼想的同時也轉頭向後看，果不其然是那個小鬼正在半空中伸展四肢，怪裡怪氣的跳著，難怪老公要嚇壞了。

咦？不是只有自己才看得到嗎？何碧蘭又一想，怎麼今天連老公也能看見了？

小鬼是耍了什麼花招嗎？

那……羅莉和羅蔓不就也會看見了？這一刻何碧蘭也正聽見女兒們困難發出的氣音，一顆心正一分分的往上提。

再回頭，何碧蘭看到的是三張張得碩大無比的嘴，大概都能能媲美義民廟豬公大賽時，含了橘子的神豬那一張大嘴了。

慘了慘了，全都看見了，這下可怎麼辦才好呢？

「你看你，把爸爸和姊姊都嚇壞了啦。」

何碧蘭對著小精靈男孩叨唸，這下子羅軒疆和羅莉、羅蔓的眼睛睜得更大，驚慌的程度，比起他們三人見到小鬼怪，有過之而無不及。

他們兩個怎麼這麼熟？熟得像一對母子。

那不是一隻阿飄嗎？雖然他只是小魔神仔，但他一樣不是人啊。不是人的幽靈也能和人溝通交流嗎？陰陽兩極也能建構母子緣份嗎？羅軒疆滿腦門疑問，定神又一想，老婆從什麼時候開始鬼話也能懂了？

羅莉和羅蔓則是驚訝中稍帶幾分不可置信，媽媽是到哪一處求了道、學了法，居然能和阿飄做朋友，還溝通得這麼流利？

「媽媽，妳不要生氣嘛，我只是想讓爸爸和姊姊看看我，他們看到我，就會知道我真的很可愛，爸爸就會讓你生下我了。」

嗄，這小鬼說的是啥鬼話？怎麼我也能聽懂？羅軒疆閉上了張得痠疼的嘴，愣愣的不知所措。

今天是怎樣了？不但見鬼了，還聽得見鬼話呢！

小男孩和何碧蘭說的話，不只羅軒疆聽進耳裡，當然羅莉和羅蔓姊妹也一字不漏的全聽進了。

哈哈，這小鬼說他可愛，也還真是啦，不過這樣出場會嚇到人，姊姊我們可是會扣印象分數，就不支持媽媽生你喔！

羅莉和羅蔓心裡才想過這樣的想法，小男孩立即他心通的感知到，兩個姊姊對他今天的出場有些微詞。這種情況下，他是毫不遲疑的立刻就飄到兩個姊姊面前，又是鞠躬又是行禮又是道歉，「對不起啦，姊姊，我不是故意的啦，我本來就是四處飄著的小魔神仔嘛，要叫我好好站著，是很難的啦。」

他說的也是實情，做人是不能強人（喔，應該是強鬼）所難。

可愛的小精靈無辜的話，率先解除羅蔓的戒心。

「可是你也不能這樣胡搞瞎搞，把爸爸嚇出心臟病怎麼辦？」羅蔓訓斥小精靈弟弟。

「爸爸，對不起，敬個禮，放個屁，臭死你。」小精靈這一番前外婆家鄰居哥哥教的順口溜讓羅莉傻眼，「欸，小鬼，你這是做什麼？」

「我跟爸爸道歉啊！」

「你這是哪門子道歉？『放個屁，臭死你』不必說啦！」

「真是的，好的不學淨學些壞的，這樣爸爸會扣你分數喔！」

聽兩個姊姊這麼說，嚇得小精靈弟弟趕緊恭恭敬敬站在爸爸面前，行個九十度的鞠躬禮，再規規矩矩的說：「爸爸，對不起，敬個禮，我愛你。」

小男孩唱作俱佳的模樣，讓兩個女孩慢慢解除剛才的驚慌，也一點一滴的發現小弟弟的可愛。

倒是羅軒疆被小精靈那句「我愛你」給嗆得直咳嗽，他真不知道被一隻小鬼愛上，是幸還是不幸？

4 衷心希望

小精靈男孩現身過後，說也奇怪，一天沒見著他，羅軒疆會想他，羅莉和羅蔓兩人，則是每天一進門就扯開嗓門大喊：「小弟弟，你在哪裡？」

姊妹倆的喊聲又特別大，穿牆跑進隔壁秦媽媽耳朵裡，有天秦媽媽上市場正巧遇見何碧蘭，逮住機會拉著何碧蘭當街聊了起來，還不時用她那一雙報馬仔的眼睛，直盯著何碧蘭的肚皮看半天。

「羅太啊，最近我總聽到妳家那兩個女孩喊著弟弟、弟弟的，到底是怎麼一回事啊？妳又有了？」秦媽媽眉眼透露了幾分疑惑。

秦媽媽單刀直入就問，何碧蘭差點脫口就說出小精靈男孩的事，「就我家那個……」還好話剛到舌尖，腦中剛巧閃過一個念頭，要是真把家裡有個小精靈男孩的事說出來，經過秦媽媽大嘴巴的街坊鄰居免費放送，難保她們家不會被左鄰右舍視作「鬼屋」，依現在網路傳播速度來看，很快就會有探索鬼屋團出現，到時候她們一家將永無寧日。

想想，不行，還是看好自己這一張嘴，何碧蘭做了個用力吞嚥的動作，秦媽媽看得傻眼，「怎麼了？害喜啊？」秦媽媽看何碧蘭那嚥口水模樣，還以為她已經有孕了。

「唉唷，秦太，沒有啦，是孩子們吵著要生個弟弟，我到現在是連個鬼影也還沒有啦。」

呃？怎麼自己說出口的就是鬼呢？趕緊用手摀住嘴。

何碧蘭真怕自己一個不小心，說出家裡有隻阿飄的事，她可不想別人斷章取義再加繪聲繪影，認定他們家是鬼屋，她自己很清楚家裡是有個外來不同類的物種沒錯，但他不是鬼，他是小精靈男孩。

這卻是外人怎麼樣也無法弄懂的曲折。

秦太太不知其中細節，可又愛發揮婦人路邊閒聊長才，拉著何碧蘭又是一番閒扯淡，好不容易正好有個殘障人士，滑著輪椅上前推銷口香糖，秦太太快速離去，何碧蘭才得了喘息空間。

這之後，羅家四口人和小精靈男孩相處得十分融洽，但即便如此，總也有不能盡如人（鬼）意的時候。比如假日外出，或是回爺爺家，又或是去蘇適家，小弟弟因為不能見天日，只能孤伶伶自己看家。

只有靈氣沒有身軀的他，只能躲在陰暗處，羅軒疆一家人雖是都捨不得如此待他，卻又想不出其他更好的方法。

「唉，好可惜喔，他跟我們不同類，不然帶他去六福村，他一定會玩得開心。」爸爸的感嘆引起女兒的同感。

「我們全家都去玩，就小弟弟留在家裡，好可憐呢。」

「那我們不要去玩好了，在家陪小弟弟。」有母性光輝的何碧蘭是這樣說的。。

「媽……不行啦，人家想去六福村很久了呢！」羅蔓發出不同意的聲音。

「那……怎麼辦？」羅軒疆拍著頭一副傷腦筋的樣子。

「一勞永逸的辦法就是媽把小弟弟生下來。」羅莉想的是最實際的作法。

「生下他？」羅軒疆一時還轉不過來，魔神仔怎麼變成人？

「嗯，好耶。」何碧蘭小聲應著，其實心裡是巴不得老公立即答應，她可是想了好久了呢。

呃？不過就算老公答應，也還得天時地利人和種種因素齊備，再說孕期有二百八十天哪，哪是說生就能生了，何碧蘭想著想著，也覺得自己想生個兒子也想得太瘋了吧？忍不住她「嘻嘻」笑了兩聲。

「呃？妳笑什麼？」

「我？沒有啦！」

倒是女兒們洞悉媽媽的心情，「媽媽是高興要生個弟弟啦！」

「呃？我同意了嗎？」羅軒疆心裡OS是：「我都還沒點頭說好，這三個母女猴急個什麼勁啊？」

何碧蘭三母女心裡各是不同想法。

當媽媽的何碧蘭是這麼想的，「管你同不同意，只要懷了孕我就生。」

剛剛接受國中教育的羅莉，雖然健康教育是很認真聽課，不過對懷孕生子這事還是一知半解。

做妹妹的羅蔓則是賊賊笑著，大人生小孩的事她是搞不太清楚，反正媽媽會有她的本事，不然她和姊姊是怎麼來的？

這情形看在客廳裡遊魂似（他不就是遊魂？）上下飄盪的小男孩眼裡好生感動。

喔，這家的爸爸媽媽和姊姊都真好，捨不得把我一個留在陰暗的家，現在還正熱烈討論把我生下來的事，那我得乖一點，免得他們又臨時變卦。

小男孩果然默不作聲的坐在沙發一角，非比尋常的安靜，反而讓人詫異。

「咦？我們在討論把你生下來的事，你怎麼沒有意見？」何碧蘭問了個白癡問題。

呃？要被生下的那個小孩可以加入討論嗎？

「媽，小弟弟高興都來不及了，他怎麼會有意見？對不對？小弟弟。」羅蔓自做聰明幫忙回答，還順道問了小精靈男孩。

小精靈男孩點點頭表示同意羅蔓說的話。

他確實是滿心歡喜，就等著羅氏夫婦趕快把他製造出來。可他再怎麼高興也不能催啊？爸媽製造小孩的事根本是催不來的。

羅軒疆伸長脖子看向小精靈男孩這方，這孩子活潑靈巧，如果真的把他生下來，這個家多了一個小孩活蹦亂跳，應該會帶來更多活力和生氣，或許因為多了一個弟弟，小莉和小蔓之間的較勁不和，就能因為要共同疼愛新生弟弟而化解掉，那……是可以考慮生下這個男孩喔！

「爸爸，你盯著弟弟笑什麼？」

羅莉發現爸爸不發一語的凝視小弟弟好一會兒了，更詭異的是他看著看著居然唇角微微揚起，笑了。

「哪有？」為了維護做爸爸的尊嚴，硬是不肯承認。

「嗯？有耶，爸爸，你有在笑呢。」羅蔓死抓著辮子不放。

「你們見鬼了……」才說到這裡，羅軒疆發現自己快人快語，說了個很忌諱的字眼，尤其是在小精靈男孩面前，他尷尬的乾笑兩聲，企圖掩飾尷尬，沒想到那樣子反而更顯尷尬。

「爸……」兩個女兒也是動作快速的要糾正爸爸，但這樣的動作，卻更是此地無銀三百兩。

何碧蘭和小精靈男孩也尷尬的杵在沙發上，連動都不敢動一下，好像是稍微動一下，都可能讓尷尬氣氛擴散到無窮。一個是想把人家生出來，一個是想被人家生出來，他們都很清楚，在八字還差一撇的時候，還是安分守己一點的好。

這一家陰陽共處的模式也是絕無僅有的。

前前後後小男孩在全家四個人跟前，轉來轉去的日子也過了一個半月，在夜闌人靜全家人都入睡時，他總顯得孤寂，當然不出聲息的輪流擠在姊姊身邊睡覺，就是他常做的事。這樣既不會干擾到姊姊們，自己多少享受了與人相處的溫暖，以前從不曾有過的經驗，讓他更多一分要來這家當他們家人的想望。

小精靈男孩常常會兩兩比較，以前那個范慈倩姊姊雖然也是疼他，但是范慈倩姊姊幾乎沒和他同住過，他對那個姊姊的感覺是陌生的。那時候只有外婆皺皺的手常常撫著他的背，只有那一種帶著歲月的老溫柔，爬過他的身體進到他心裡。他從來沒有享受過飽足的溫暖感覺，最近和羅蔓姊姊一起睡，他真的感受到了。羅蔓姊姊不太好的睡相，雖然常常不預警的就一陣揮拳踢腿，但是那種有重量的溫熱的感覺才實在，他好喜歡唷。

是的，一定要持續擁有這種感覺，而且是要擁有人的形體來真正感受。

所以成為一個人，成為羅家的孩子，對小精靈男孩而言是非常重要的事。

於是當最近這一段日子，羅家爸爸不再明白拒絕讓他成為羅家一分子，他便開始時時提高警覺，留意著爸爸媽媽這一夜是不是要……不是說相聲去喔，而是……輕聲細語、甜言蜜語……啊，管他是什麼言什麼語，反正就是要製造他生命的身體語言啦！

現在羅家爸爸是默許了喔，小精靈男孩真是感謝爸爸，他在想爸爸大概也是心理準備好了，等著將來有個胖兒子陪他打球，那他將來被媽媽生出來後，一定要陪爸爸打球，打到爸爸老了打不動為止。

既然是這樣，那就不客氣囉，該準備衝的時候，就得卯足全力衝衝衝！要衝得過層層關卡，衝進媽媽溫暖的子宮裡，才有機會來到這個美麗的人間。

然後，某一天開始，羅家三樓透天厝裡總不見小精靈男孩的身影，無聲無息、沒有交代的就不見了。

羅氏姊妹雖然忙著學校功課，但她們還是天天盼，盼著小精靈弟弟再出來陪她們說說鬧鬧。

羅氏夫婦倆也殷殷期盼，他們甚至有些兒失落，突然少了個可愛的小鬼孩在跟前，做什麼都怪怪的。尤其身為家庭主婦的何碧蘭整天對著空蕩蕩的屋子，那種難受煎熬怎會有人懂呢？

「老婆，我知道你在想那隻小鬼，我也很想他。」

「真的？你也想他？」

「嗯，他那麼可愛。」

「對嘛，我就說要把他生下來當我們的孩子……」何碧蘭說。

「我……沒說不好啊！」

羅軒疆的意思何碧蘭懂了，她嘴角略略揚起帶了一個稍是曖昧的笑容，可她就不明白了，既然老公心意都放軟了，小阿飄怎會沒感應到，他究竟跑到哪裡去了？是不是去別人家投胎了？

「那……那，小男孩哪裡去了？是不是我們這裡不夠溫暖？」

「沒那回事？妳啊，是天下最能給人溫暖的媽媽，我們家像暖爐一樣……」

羅軒疆這麼說的同時，何碧蘭突然以手掩口做了個噁心的動作。

「喂喂，老婆，我這話會噁心嗎？」

羅軒疆誤以為何碧蘭是因為他說的話感覺噁心，其實何碧蘭真是滿嘴胃部逆流的酸液，她是真的噁心，那感覺很不舒服，沒想到老公還這麼調侃她，伸手正想搥老公一下，但一陣胃酸又猛然襲來，何碧蘭再連著噁了兩次，噁得她眼眶都泛紅了。

「怎麼了？妳哪不舒服？我帶妳去看醫生。」

何碧蘭擺擺手表示不必了。

「怎麼可以？不舒服就得看醫生。」

何碧蘭好不容易嚥下酸澀的唾液，努力開口道：「只是胃酸湧上來，沒事的。」

「真的沒事？」

「真的沒事。」

何碧蘭原以為噁心只是那天突發的狀況，沒想到那之後噁心還天天來報到呢。整個人軟趴趴的提不起勁做家事，細心的羅軒疆不出幾天就發現到了。

晚餐飯桌上，羅莉噘著嘴不高興的說：

「媽，已經吃了三天麵了，國中的課程比國小困難，老師說要多吃營養的東西，天天吃這種糊在一起的麵，一定會營養不均衡，會影響腦力的啦。」

「聽妳在放屁。」羅蔓細細說著，還是被羅莉聽見了。

「妳懂什麼？營養不均衡會影響大腦思考，也難怪嘛，妳這沒大腦的傢伙。」

「我沒大腦？可是我知道感恩，媽媽有煮給我們吃，已經很好了，妳不知道感激，還在那挑三撿四的，乾脆叫媽媽都不要煮好了。」

正噁著心的何碧蘭心窩裡暖呼呼的，這個小女兒說的話還真是人話，字字珠璣，學業成績不錯的老大，好像就少了這種味兒！

「我哪裡沒感激媽媽，妳沒看我雖然吃得痛苦還是把麵吃完了，而且我還用好成績來孝敬媽媽，妳有嗎？妳有嗎？」說到成績，羅莉那不可一世的樣子就顯現出來。
「哼，吃得那麼勉強還叫感激，妳有說『好吃，好吃』嗎？」
「那妳有好成績嗎？妳有嗎？哼。」
「我雖然沒……」
一旁聽了半天，暫是不打擾她們姊妹倆的羅軒疆，完全糊塗了，前一陣子小精靈男孩在家中的時候，兩姊妹的和平共處難道只是假象，一旦少了那個讓兩人忘記針鋒相對的媒介之後，衝突就會隱藏在生活事件中。看來他不得不出聲了，不然她們可是會繼續鬥嘴下去。
「妳們兩個吵夠了沒？沒看到媽媽這幾天人不舒服嗎？妳們兩個誰有想到替媽媽做些家事？一回家就嚷著肚子餓，還敢在那裡鬥嘴？像話嗎？」
該當頭棒喝時羅軒疆絕不手軟，該給這兩個女孩一點顏色瞧瞧時他也不吝惜，羅莉兩姊妹被爸爸這麼一說，煞是羞慚的垂下頭去，不敢再張牙舞爪了。
何碧蘭仰著頭虛弱的看著老公，這一番義正辭嚴的訓話，果然鏗鏘有力，她不禁對他肅然起敬。
不過這幾天都讓一家人不是吃麵就是吃水餃，她實在也是感到很愧疚。

「老公，你別生氣啦，也真的吃太多天的麵了啦，難怪孩子會吃膩了嘛。」

「哪會多？也才三天，還天天不同呢，今天大滷麵，昨天……昨天什麼麵呢？」

「昨天烏龍麵，前天海鮮麵。」羅蔓順口接了。

「對啊，都不一樣，而且裡面也很多料，營養夠的。」羅軒疆肯定老婆的用心，順便再指責大女兒一下，「小莉啊，妳是人在福中不知福，太好命了，還嫌？」

聽到老公這麼嘉許她的持家，何碧蘭覺得自己為這個家的付出有被肯定，這就夠了，所有的委屈都能吞下肚。

夾起一口麵才要吃進嘴裡，突然從胃部湧上來的酸氣，排山倒海的襲擊過來，何碧蘭顧不得筷子正夾著的麵，頹然放下，左手撫著腹部，右手摀著嘴，趕緊奔逃到廁所，就這麼嘩啦啦的吐了。

「老婆，怎麼了？又吐了？」隨後跟進廁所的羅軒疆如常體貼。

「嗯。」根本虛脫無力，連說個話都沒力了。

「走，我陪妳看醫生去。」

「要看醫生喔？」何碧蘭從小怕看醫生。

「對，吐成這樣，一定得看。」羅軒疆堅持作法。

「媽媽怎麼了？」羅蔓很關心。

「媽媽……對不起。」羅莉怯怯認錯。

「好好……妳們都乖。」何碧蘭雖是勉強，還是招呼一下孩子。

「妳們兩個把家看好，桌子收拾收拾，碗洗一洗，我帶媽媽去看醫生了。」

「喔，好。」

自從何碧蘭驗出懷孕之後，她是全家至高無上的寶。兩個女兒每天放學進門就搶著要做家事，因為她們知道媽媽是高齡孕婦，不能不當心一點。而羅軒疆在間隔了十年後要再次當爹，彷彿又是當年那初為人父的情景，緊張興奮自是不在話下，體貼護妻的表現可堪嘉許，他是連一點兒粗重的事都不讓何碧蘭操作。

全家人唯一心願就是，何碧蘭好好照顧這胎，那可是全家的寶。

「媽媽啊，妳要什麼我拿就好，妳別動。」羅蔓才小四，四點多就到家，能做的事她都搶著來。

「哎呀，我可以的嘛。」

「媽，為了小寶寶，妳好好坐著。」

五點多進門的國一新鮮人羅莉也不遑多讓，一進門喊過媽媽放下書包就直奔廚房。何碧蘭要是隨後要阻止，她可是會振振有詞的說：「媽，妳現在非比尋常，以前妳照顧我，現在換我來照顧妳。」

呃？變天了嗎？怎麼羅莉這孩子跟一個月前差這麼多，一下子就長大成熟許多。何碧蘭撫著還沒隆起的腹部，帶點感慨的想著，「還真是肚裡的這個寶讓羅莉改變了。」

這下子連鄉下阿公和阿嬤都咧嘴咧到鬢角了。

「呵呵呵，就要生兒子了，阿疆也有後生囉。」

「阿蘭啊，妳要多注意喔，現在妳是孕婦，肚子裡我的金孫就要照顧好呢！」

「我知啦，阿母。」

「阿疆啊，家裡的事你要多做一些，不要讓阿蘭累過頭了，知道嗎？」

「我知啦。」

阿公、阿嬤三不五時打電話來三交代四叮嚀五吩咐，要多吃什麼，不可做什麼，規矩一大堆，反正兩位老人家在鄉下也沒看見，何碧蘭很多時候只是聽聽，根本沒當一回事。

阿公、阿嬤不放心，想想好不容易他們的兒子到了過四十五歲，才快能見到一個兒子，當然不可以太大意，再辛苦也不過是懷胎這幾個月，等孫子落了地，什麼都值得。兩老經常客運車一搭，就到都市兒子的家，乾脆來個親自坐鎮，好好監督，只為好好侍候懷金孫的媳婦。

「小心小心，粗重的東西妳阿爸來就好，阿蘭妳旁邊去休息。」婆婆這麼吩咐，何碧蘭也不敢去搶下公公手上的拖把。

不過，才起床沒多久，那三個父女也才出門去，就要她再回去「睏」，當她是豬啊？而且人活著如果不動，那會成了什麼了啊？活著就是要動嘛！

乾脆家裡讓給兩老打掃，何碧蘭準備上菜市場買菜去。

她才起身去廚房拉出買菜推車，婆婆就緊張得跟來了。

「阿蘭啊，妳是要做啥？」

「我去買菜啊！」

「不必，不必，等一下我跟妳阿爸再去買，妳別亂走動。」

「嗄？」

不能走動，那她能做什麼？何碧蘭摸摸微微隆起的肚皮，這小娃兒也得九月初才落地啊！可現在看著自己所有武功都快被廢了（所有事都免做啦），怎麼辦？

所幸，冬天之時，羅軒疆妹妹生產，兩老整個重心移往女兒家，何碧蘭這才又能自由伸縮。

過了懷孕初期的不適，懷孕即將五個月的何碧蘭能吃能睡，可因她已四十一歲，羅軒疆實在放不下心，尤其住家是三樓透天屋舍，父女三人上班上課後，只有何碧蘭一個孕婦在家，如何使得？

於是，何碧蘭的父母就常過門來瞻前顧後了。

5 五子登科了

「我就說嘛，小魔神仔弟弟怎麼會突然消失，他就是躲進媽媽的肚子裡了。」羅蔓摸著媽媽略略隆起的肚子。

「所以媽媽一定會生個弟弟的。」羅莉這樣說。

「我想應該是這樣才對。」

「妳就這麼有把握？」羅軒疆對何碧蘭的話不敢苟同，但其實他也想要有個兒子，以後至少可以是兩票對三票，總比目前的勢單力薄好多了。

「那個小精靈是男的，他要當我們的孩子，當然就是男的囉！」

「一定是這樣的嗎？」羅蔓對媽媽這樣的推論有點質疑。

「那不然咧？小精靈是男的，難道一到我肚子就會變性了嗎？」

「呵呵，媽，妳的子宮還能動變性手術喔！」

「呃？」何碧蘭一愣，拍了羅莉的肩，「神經啊！」

但不管這一家人如何戲說，每一個人的心裡都是希望，把原來那一個小精靈弟弟生下來就是了。

「欸欸，我先告訴妳們喔，過兩天阿公、阿嬤會從姑姑家過來，可別口無遮攔的小精靈、魔神仔的亂說一通，妳阿嬤對這個是很敏感的喔！」

「爸，如果阿嬤知道媽媽肚子裡的娃娃、是小魔神仔自己討著生他的，會怎樣？」羅蔓露出一絲邪門笑意，讓人不禁聯想到她可能將要使壞，事關何碧蘭的肚皮，她因此先發制人，「小蔓，妳可別給我出包喔，妳阿嬤是很信這一套輪迴之說，她要知道了，小則找法師祭一祭，大則……」

「大則怎樣？」羅莉打斷何碧蘭的話問道。

「大則叫我不要生。」

「大則要妳媽不要生。」

夫妻倆異口同聲說出一樣的答案，這個答案果然夠震撼，兩個女孩都驚呼，「有這麼嚴重啊？」

「妳們才知道。」兩夫妻同在一條陣線，為的是護著肚子裡這個正在滋長的生命個體。

關於小精靈降臨家裡這一段，因為事涉玄異，經過他們四人交流後已有共識，在阿公、阿嬤跟前絕口不提，免得壞了兩位老人家等著再度抱孫的好心情。以羅軒疆對他母親的瞭解，倘若她知道媳婦懷孕，是在家裡來了一個魔神仔之後，她一定會去找個神壇問神卜卦，假如再讓她知道，是那個小魔神仔吵著要來當他們的孩子，說不定他老媽還會想方設法，讓媳婦不要生下這胎呢！

有些時候知道太多事情內幕也不是有福之事，所謂福氣何嘗不是守著單純的想法，單純的過活？羅軒疆相信等孩子落了地，他爸媽看到孩子那可愛模樣，滿足於懷抱男丁的快樂，那才是他能給老人家的最大幸福。

何碧蘭等過一天又一天，人也一天胖過一天，挺個超級巨大的肚子，和她那個嬌小個頭完全不相襯。

何碧蘭之所以懷個孕便壯碩如牛，實在是母憑子貴啊！

有人說，在父母眼裡，孩子無論歲數多大，依舊是孩子。

若不是農曆春節即將到來，外公、外婆要忙的事多了，沒能三天兩頭往羅軒疆家過來。可就算是無法親臨現場坐鎮，外婆也是日日打來電話。

「碧蘭啊，妳要記得軒疆和孩子都不在家的時候，妳挺個大肚子就不要上下樓，知道嗎？小心駛得萬年船，千千萬萬要記得啊！」

「媽，我要午睡怎麼辦？」

「妳家樓下客廳的沙發那麼大，都可當床了，而且妳也不是沒在沙發上睡過。」

「媽——」

除了何碧蘭娘家父母的關照外，打從超音波顯影出應該是有小GG的男娃娃，羅軒疆電話向父母報告，電話裡就聽得出兩老應是笑不攏嘴。春節過後，鄉下的阿公、阿嬤再度坐鎮羅家，還包下所有家務，只為了讓未出世的金孫，在媽媽的肚子裡好好長大。何碧蘭除了不需勞動之外，還被婆婆天天進補，補到接近癡肥。

很多人都問何碧蘭是不是懷了雙胞胎，秦太太更離譜，還問是不是三胞胎。

「羅太，我看妳這肚子說不準是三胞胎喔！」

「秦太真愛開玩笑，我這連雙胞胎都不是。」

「怎麼可能？妳……」秦太太欲語還止。

「秦太是說我胖成這樣嗎？」

何碧蘭的直率，教秦太太不知如何自處，呵呵乾笑兩聲趕緊閃人了。只有何碧蘭自己心裡最清楚懷是單胞胎兒子，偏偏人家從她那臃腫肥胖幾近八十公斤的外表猜測，怎麼也猜不準，她只差沒把超音波照片拿出來展示給大家看，以示佐證。

或許是何碧蘭肚裡的小娃娃，感念他未著胎前媽媽對他好，也或許是小娃兒耐不住媽媽不住的向他求饒，這才在何碧蘭動作已近蹣跚，便在她肚子裡來個大大的乾坤大挪移，企圖掙脫水域，於是提早了十天出來體驗這大千世界，也讓何碧蘭提早解脫酷刑。

九月初，再過一星期就是中秋節，何碧蘭在醫院裡歷經哀嚎（是別人哀嚎）、陣痛，終於把全家四加二口人一致盼望的焦點人物帶出來面見世人。

羅家新生小兒真會挑選時間，選週休星期六爸爸在家姊姊也都在的日子，連鄉下阿公、阿嬤回去巡視老宅後，也有預感的提早回到羅家，列隊進了陪孕婦待產行列。

「快快快，小莉啊，扶好妳媽媽，小蔓妳提包包，老伴，你鎖門。」

「我知道！」

何碧蘭才一有狀況，阿公和阿嬤就緊張得呼大喊小的，又是提大包拿小包的，活像對岸的飛彈打過來要趕著逃難去似的。

「阿爸、阿母，免緊張，我還能忍啦！」

「妳能忍，小孩不能忍啊，可別把我金孫生在客廳裡。」阿嬤指揮著大局，「快快，阿疆你快去開車。」

「喔。」

羅軒疆一部車子載不了全數的人，最後只好羅莉和羅蔓兩姊妹相偕搭公車去醫院。但是沒關係，小弟弟是全家人的寶，姊姊為了和他初相見，辛苦一點又何妨。等到她們兩個到了醫院，三問四找的，才發現媽媽已經推去產房待產了，兩人謝過病房鄰床阿姨，放好東西，就直奔產房，遠遠的就看見緊張兮兮的爸爸和阿公、阿嬤。

產房外聽得見淒厲嚎叫聲：「唉喲，我不要生了啦。」

「好痛喔，不要生啦。」

「唉喲……」

全家人皺著眉仔細聽，每個人都一副心事重重的模樣。

「呃？不太像阿蘭的聲音嘛！」阿嬤聽得夠仔細。

「阿蘭都沒叫，這樣對嗎？」阿公倒是擔心媳婦都沒放聲大叫，是不是哪裡出問題了。

「姊，妳說媽怎麼了？生孩子不是很痛嗎？怎麼都沒聽到她喊痛咧？」

「我也不知道耶，是聽說很痛啊！」羅莉所得到的生產相關知識，都是由書本得來的，她自己根本完全沒有概念，又怎能給妹妹答案呢？

羅軒疆倒是不發一語，只在旁邊踱著步，他的兩道眉揪得緊緊的，沒有人知道他心裡有多擔心。為了生這個小子，老婆吃成那麼癡肥，生產的痛又是天下所有疼痛之最，現在卻是都沒聽到她的聲音，連一絲絲小貓叫也沒，她會不會因為生產困難而在產檯上怎麼了？

她會不會……

她會不會……

她會不會……

腦袋裡想過好多個她會不會……偏偏產房還是沒傳來沒半點她的聲音，而另外那個直劃天空的慘叫聲卻還再繼續。羅軒疆實在很後悔，早知道就不要懷這個孩子，也就不會讓老婆現在得在生命關卡上掙扎。

從前人說，生產像在鬼門關前走一回，平安生產的麻油雞酒香，不幸的便是一具棺材板。

羅軒疆求著諸佛菩薩、聖母瑪莉亞。

等待的時間特別磨人，羅家三代五口人，個個都彷彿自己是產檯上的產婦，正專注在生孩子，其他什麼事都不重要了。

好不容易從產房傳來一個喊聲。

「何碧蘭家屬。」

只見產房的門拉開一條小縫，一個護理師探了頭喊。

這五個字比一個超級大磁鐵還夠力，聲音才一停止，羅家老中青三代以滑壘姿勢「咻」的就衝過去，五個人同時往護理師面前擠去，差點把護理師再推回產房，護理師稍稍踉蹌了一下，還好她眼明手快扶住了門框，才不致摔倒。

「欸欸，小心。」

「呵呵，不好意思喔。」阿公說。

「小姐，我媳婦怎樣了？」阿嬤問。

「我媽還好吧？」姊妹倆問話一致。

羅軒疆搶不贏老小兩代人，但他卻是心裡填滿最多關心和擔心的人。

「請問護理師，我太太生了嗎？」

「生了，男生，等一下會抱出來讓家屬看。」護理師眼睛也是雪亮的，她知道哪個才是這家的代表人。

「喔，生了，謝謝……」

「哇塞，弟弟生出來了。」

「呵呵，我們家有小弟弟了。」

「老伴，咱們阿疆有兒子了，呵呵……」

「真好，真好，阿蘭的月子我會幫她做得好好的。」

「……」羅軒疆仍是那個除了向護理師道謝之外，沒再發表任何感言的人，他還在想著老婆，為了生這個臭小子折騰得夠辛苦了。生了這個就好，他意志堅定，不能再生了。

「真可愛呢。」

阿公和阿嬤沒事就往嬰兒床旁邊擠去，逗弄那個出娘胎還沒滿月的胖小娃娃。

「好可愛喔！」

兩個姊姊在家都忘了該溫書，也擠在嬰兒床另一邊，撫弄著可愛的小弟弟。

「呵呵，真可愛，像我耶。」

第三度當爹的羅軒疆，對自己製造出來的成品無限滿意，總是看得不忍離去，抱著不願釋手，還得他的老娘喊他，「阿疆，小嬰兒不可以常常抱他，以後他會喜歡有人抱，你是要害阿蘭以後抱得手痠喔？」

「不過小嬰兒真可愛呢。」

「我哪會不知道，來，換阿嬤抱。」

原來是阿嬤自己也想抱可愛金孫，直說就好，還編個冠冕堂皇的理由，說得像真的一樣，自己還不是抱了，難道就不怕娃娃被抱上癮了？

「小嬰兒的名字要取什麼？」阿嬤抱著娃娃問羅軒疆。

「對，咱要幫小嬰兒取一個好名字。」阿公加入意見了。

這個晚上，羅軒疆吃過晚餐就進二樓後側的書房，努力翻看最新姓名學，又算筆劃，又找意義不錯的字眼，連阿公也是很幫忙的又給意見又查字典，忙了一個晚上，他們終於有共識，選出一個筆劃數是吉的好名字。

羅軒疆回房睡覺時，何碧蘭開口問了：「兒子的名字想好了嗎？」

「嗯，我和阿爸選好了。」

「還是像兩個姊姊一樣單名？」

「不，兒子是男生，不取單名。」

取不取單名和男生、女生有什麼關係？

「為什麼兒子不取單名？」連生兒子的媽媽都有這樣的疑問。

「要找個名字筆劃吉數的名字，希望孩子將來一切都好嘛！」

呃？這是什麼想法？一個人的一生好與不好，是決定在那兩個字或三個字當中嗎？以前幫兩個女兒取名字的時候，只想著好唸好叫，也沒聽他說過這些，現在幹嘛規矩多了？真的兒子就有不一樣待遇？

「欸，你偏心喔，以前取小莉和小蔓名字時，你就沒這樣說。」

「沒有嗎？」

「想耍賴？」

「那時比較年輕不懂這些啦！」

「好啦，不管你，那到底幫兒子取什麼名字？」管他這個爹有什麼考量，反正他也是為孩子好，做媽的只管知道孩子的名字就好了。

「羅頌昌，四十一劃，大吉之數呢。」

「羅頌昌，哪個頌？哪個昌？」何碧蘭想到的是小學同學林宏賓，包括她在內很多同學都把他寫成林紅豆，整天被人紅豆、紅豆的喊著，林宏賓可怨的呢。現在自己兒子的名字可不能選錯字，一旦選錯了，那可會讓孩子不開心。

「歌頌的頌，昌隆的昌，妳看都是意思很好的字眼。」羅軒疆自覺取得不錯，一副等著老婆讚許的樣子。

「嗯，是不錯啦，小昌昌，爸爸給你取好名字了喔。」當媽的人一高興，回頭就跟娃娃床裡酣睡中的嬰兒說話，一副嬰兒有回應似的說了一串，「你叫『羅頌昌』喔，小昌昌，你看爸爸為了幫你取名字想了一個晚上，你長大要乖乖聽話喔。」

剛巧溫過書，準備上床睡覺的兩姊妹，為了看弟弟一眼踅進爸媽臥房來。

「妳們兩個還不去睡覺？當心明天起不來喔！」羅軒疆說。

「我們來跟底迪說說話嘛！」

「底迪在睡覺，不要吵他。」

「媽媽都可以和底迪說話，我們就不行，爸爸偏心。」

羅莉、羅蔓雙姝抗議過後，也不甩她們的老爸，自顧自的就往嬰兒床走去。

「媽，妳剛才喊底迪什麼？」羅莉問媽媽。

羅蔓則是轉頭問爸爸：「爸，你給底迪取什麼名字，也是一個字的嗎？」

「我叫他小昌昌。」

「幫他取了羅頌昌。」

兩夫妻同時發聲，兩個女兒在爸媽交疊的語音裡都將弟弟的名字聽錯，兩個人不約而同的噗嗤一聲說了，「啊？羅宋湯？」

「什麼？妳們兩個說什麼？羅宋湯？欠修理啊？妳們。是羅頌昌，歌頌的頌，昌明的昌。」羅軒疆作勢要打兩個女兒，女兒們反是笑不可遏。

一旁的何碧蘭則是哭笑不得，好端端的一個好名字，讓兩個女兒給扭曲成不倫不類的湯品名，她告狀似的對著還在熟睡的兒子說：「姊姊壞壞，現在就欺負你，媽媽只疼你，不要疼姊姊喔，小昌昌，你最乖了。」

「吼，連媽媽也偏心了，你們都是有了新人忘舊人，只要羅宋湯。」羅蔓硬是引用剛讀過的句子，用得有點牽強。

「媽媽都嘛是這樣，以前妳剛生出來的時候，媽媽的眼睛裡只看得到妳，都嘛把我忘記了，現在終於輪到妳也嚐到被打入冷宮的滋味喔！」

「有嗎？我什麼時候這樣？小莉妳欲加之罪，何患無辭。」

「哪沒有？不信妳問爸爸。」

「問我？」夾在兩代女人之間的這個男人，雖然面對的是自己老婆和女兒，識趣一點的還是都別去招惹的好，羅軒疆避重就輕的說：「妳們別問我，那時我整天上班不在家，我哪知道妳們之間有什麼過節？」

「吼，爸……」羅莉不依。

這幾人吵吵鬧鬧，阿公、阿嬤更是不依。兩個老人家聽見兒子媳婦房裡挺熱鬧的，也不甘寂寞的來插上一腳。

「虎啥米虎？虎在深山林內啦！」

「阿公，現在虎都在動物園了啦！」羅蔓回阿公一句實在的話。

也就這一句讓這個主臥室裡洋溢溫馨笑聲，三代人都笑了，連嬰兒床裡小嬰兒也微微翹起唇角，好似也不甘寂寞要參上一腳。

「呵呵……好啦，不管虎是在深山林內，還是在動物園，妳們兩個姊妹啊，也要回去妳們房間睡覺，明天還要上學呢！」阿嬤替媽媽下逐客令了。

「阿嬤，再等一下啦，人家想要再看底迪一下啦。」羅莉出聲請求。

「以後要叫他的名字，你們阿公說他叫做阿昌，知道嗎？叫阿昌，不要再叫他底迪。」阿嬤指示完畢，探頭看一下娃娃床裡的金孫睡得正香甜，她右手食指往嘴巴上一豎「噓」了一聲，說了，「阿昌睡得這麼熟，妳們講得這麼大聲，會吵到他，走走走，我們都出去，讓妳爸爸、媽媽和底迪好好睡覺。」

阿嬤說著雙手一張，將阿公和羅莉、羅蔓三人像趕鴨子一般全往房門外推。

「阿嬤，妳自己剛剛說不可以叫底迪，要叫他的名字阿昌，結果自己還不是也叫他底迪？」羅蔓是不太爽才進媽媽房裡沒幾分鐘，都還沒摸到小弟弟細皮嫩肉的臉蛋，就被阿嬤趕出來，故意吐嘈阿嬤。

果然薑是老的辣，阿嬤來一招裝蒜，羅蔓又能拿她怎樣？

阿嬤說：「有嗎？我有叫底迪嗎？我是叫妳們全都出來。」

阿嬤真是太高竿了，羅莉與羅蔓對看一眼，聳了聳肩，還真是拿阿嬤沒辦法，只好乖乖走上三樓，回羅蔓房間了。只要阿公、阿嬤一來，羅莉就得和羅蔓擠一張床，自己的房間讓出來給阿公和阿嬤。

兩姊妹本還肖想等阿公、阿嬤進了羅莉房間，再躡手躡腳的下二樓去看看弟弟。誰知道高一尺、魔高一丈，兩位老人還直挺挺的站在羅莉房門口。

「呵呵……不睡覺要做啥？」

「嘿嘿……沒有啦，阿嬤……」

兩姊妹趕緊進了羅蔓房間，關上房門，各對著門板扮了鬼臉，也只能悻悻然的上床去囉。

這一家人老中青三代全部精神都在新生娃娃身上，每天只要見著了他，大家就精神百倍。

不只這樣，雪蓮阿姨一家來訪時，近兩歲的蘇適彷彿他鄉遇故知似的，打從第一次見到小昌昌，便是直對著小昌昌說話，何碧蘭與雪蓮都說：「這對表兄弟好像前生就認識，這輩子相約來續前緣。」

尾聲　小弟弟

「小昌昌，乖，喝一口。」

坐在嬰兒餐椅上的小男孩，天真可愛模樣，真有幾分神似以前那個拉著她喊媽媽的小男孩模樣，真是他嗎？何碧蘭偶爾分神歪著頭想。說不定真是他，所以才會從懷孕那天起，家裡就再也沒出現過那個小男孩的身影了。

「底迪乖，自己玩，二姊要讀書。」剛進門的羅蔓，忙著要上樓去讀段考的範圍，她輕輕拉開死命抱著她小腿的弟弟。

羅蔓才從右腿撥下弟弟的手，小弟弟的手又拉住羅蔓左腿，羅蔓那一顆急著讀書的心提著高高的，火氣也快冒上來。

「你無尾熊啊！」羅蔓叨念的同時作勢揮拳，小娃娃一驚，忙放下雙手，羅蔓見機不可失，拔腿便上樓去，留下傻楞住的小弟弟。

「媽，妳看，羅宋湯在我房裡尿尿了！」因為媽媽忙著作飯，要羅莉把弟弟抱進房裡看著。羅莉在小娃娃撒一泡尿後，棄械投降的呼喊著，要媽媽前來搭救。

羅莉這時才深深體會照顧一個只會吃喝拉撒，其他什麼都不會表示的小娃娃，簡直是遇上了小惡魔，也是需要耗費很多體力和時間，這也難怪媽媽從前在照顧羅蔓的時候，偶爾會疏忽了她。

一天忙完之後，每天晚上睡覺前，羅軒疆都會把他的寶貝兒子，抱在身上逗逗玩玩。

「老婆，真可愛喔！」

「你到今天才知道我可愛？」何碧蘭白了羅軒疆一眼。

他一臉無辜樣，他又不是在說她。

「我是說小昌昌呢。」

「吼……」

一個是話不說清楚，一個是自作多情。

不過這都無損於這一家的快樂，何碧蘭很快又轉到另個話題。

「老公，你看，像不像？」呃？又來個語焉不詳的句子。

「像不像什麼？」話說得不清不楚的，還真是讓人摸不清她到底要說什麼。

「小昌昌像不像……」

何碧蘭話還沒說完，羅軒疆就搶著表態。

「妳是說像不像我，是不是？」

「我是說像不像那個會飄的小男孩？」

「老婆，妳也真天才呢，那小男孩是阿飄，現在我們眼前的，是妳自己生下的，最有活力的羅宋湯呢！」

後記／享受與靈同在

最初創作《幽靈巧克力》，其實是意外，是突如其來的發想，是被撞擊而來的靈光，靈光一閃之下，便就開啟了《幽靈巧克力》的故事情節。

這個意外究竟是什麼？說穿了也很好笑，是因為一本書的封面，因為孩子的戲說有了巧妙連結，於是我的腦海便有了故事雛形，進而開始孕育這一則溫馨有趣的故事。

說靈感總起於莫名處，由《幽靈巧克力》的發想創作，便可得印證。前因既已如此與眾不同，後果當然也是不出其右的不同凡響。個人向來深信人生處處有驚喜，美好的人際網絡總非憑空而來，其後必會有似有若無的牽連。而我又極度喜歡美好的親子關係、溫馨的家庭互動，這些都需要建立在包容與關懷之中，那麼愛便是最堅實的支撐與後盾。

因為愛而讓家庭成員彼此相伴，即便生活中有了齟齬，起了爭執，甚至爆發衝突，這種時候若家人之間本就有愛串連，無論幾度波折，無論怎樣誤解，無論如何難題重重，最終也將因為愛而得到化解。

手足爭寵屢見不鮮，因此不乏互相捉弄，暗中使個小詭計，甚至明爭暗鬥都有可能。本書故事從羅蔓一顆巧克力惡作劇開始，之後羅莉和羅蔓翻天覆地的相互較勁，當然得有一個媒介來引動我所欲求的家庭溫馨，於是有了幽靈小鬼孩，無辜可愛小鬼孩因而成了本書中必須存在的角色。

有了小靈精的穿針引線，靈異巧克力與姊妹糾紛，進而與父母之間的互動，在在因慧黠語言與無厘頭應對，而呈現了趣味化，也因此淡化了一般人對鬼魂的害怕畏懼。雖我一貫注重家庭溫馨，也於情節中順勢安排了幽靈小男孩的角色，但這個角色的安排，同時也反映了疏於照護幼兒的社會事件，目的不外是提醒身負照顧幼兒責任的成人們要時時留意潛藏在住家周圍的危機。同時也提醒忙於事業，而將幼兒送至鄉下與祖輩生活的父母，應挪出一點心神重視幼童心理，這些兒童是如何渴望與父母家人同住，享受被父母與兄姊關愛。所以愛要及時，生活事的排序可再作調整。

《幽靈巧克力》一書的基調是放在親子、手足互動之上，強調美好的親子關係，需要時時予以關注，用最多的耐心與愛心處理。為了不讓兩代溝通與手足互動，流於嚴肅氛圍，特意在創作中加進了溫馨靈異的部分，藉由一個不具實相的角色串場，讓故事情節更具趣味。許多平時習以為常的生活模式，因為一個奇異靈媒的介入，而讓親子間、手足間有了另一個思考方向，對於修補彼此關係也大有助益。

創作《幽靈巧克力》的過程裡，我彷彿也跟小鬼靈精同在一處，於是不時會想起童年媽媽常脫口而出的魔神仔，那種彷彿家人的親暱感覺又回到心裡。我相信必有一個時空，是屬於那些失去生命不久的靈體。設若不同存在方式的兩造（人與靈），彼此關切彼此守護彼此看顧，無論是這個世界，或是那個世界，或許都將更溫馨。

我自己非常享受故事中與靈相處的部分，不知道閱讀本書的大小讀者，您怎麼想？

少年文學67　PG3091

小鬼靈精

幽靈巧克力

作　　者／王力芹
責任編輯／孟人玉、吳霽恆
圖文排版／黃莉珊
封面設計／李孟瑾
插圖素材／Freepik.com
出版策劃／秀威少年
製作發行／秀威資訊科技股份有限公司
114 台北市內湖區瑞光路76巷65號1樓
電話：+886-2-2796-3638
傳真：+886-2-2796-1377
服務信箱：service@showwe.com.tw
http://www.showwe.com.tw

郵政劃撥／19563868
戶名：秀威資訊科技股份有限公司
展售門市／國家書店【松江門市】
104 台北市中山區松江路209號1樓
電話：+886-2-2518-0207
傳真：+886-2-2518-0778

網路訂購／秀威網路書店：https://store.showwe.tw
國家網路書店：https://www.govbooks.com.tw
法律顧問／毛國樑　律師

總經銷／聯合發行股份有限公司
231新北市新店區寶橋路235巷6弄6號4F
電話：+886-2-2917-8022
傳真：+886-2-2915-6275

出版日期／2024年10月　BOD一版　定價／300元
ISBN／978-626-97570-9-1

秀威少年
SHOWWE YOUNG

國家圖書館出版品預行編目

幽靈巧克力 / 王力芹著. -- 一版. -- 臺北市：秀威少年, 2024.10

面； 公分. -- (小鬼靈精)(少年文學 ; 67)

BOD版

ISBN 978-626-97570-9-1(平裝)

863.596　　113013356